AS VISITAS DO DR. VALDEZ

VOZES DA ÁFRICA

João Paulo Borges Coelho

AS VISITAS DO DR. VALDEZ

kapulana

São Paulo
2019

Copyright© 2004 João Paulo Borges Coelho.
Copyright© 2019 Editora Kapulana.

A Editora optou por adaptar o texto para a grafia da língua portuguesa de expressão brasileira.

Direção editorial: Rosana M. Weg
Projeto gráfico: Daniela Miwa Taira
Capa: Mariana Fujisawa

Dados Internacionais de Catalogação na Publicação (CIP)
(Câmara Brasileira do Livro, SP, Brasil)

Coelho, João Paulo Borges
  As visitas do Dr. Valdez/ João Paulo Borges Coelho. -- São Paulo : Kapulana, 2019. -- (Série vozes da África)

  ISBN 978-85-68846-77-3

  1. Ficção moçambicana (Português) I. Título. II. Série.

19-29310 CDD-M869.3

Índices para catálogo sistemático:
1. Ficção : Literatura moçambicana em português M869.3

Cibele Maria Dias - Bibliotecária - CRB-8/9427

2019

Reprodução proibida (Lei 9.610/98)
Todos os direitos desta edição reservados à Editora Kapulana Ltda.
Rua Henrique Schaumann, 414, 3º andar - CEP 05413-010, São Paulo, SP, Brasil.
editora@kapulana.com.br – www.kapulana.com.br

Apresentação 07

O criado, o criador e outras criaturas: notas sobre As visitas do
Dr. Valdez e a escrita de João Paulo Borges Coelho
Nazir Ahmed Can 09

AS VISITAS DO DR. VALDEZ 15

Glossário 199

Vida e obra do autor 202

Apresentação

As visitas do Dr. Valdez, do moçambicano João Paulo Borges Coelho, é o primeiro livro do autor publicado em nosso país.

Para que essa edição brasileira fosse possível, a equipe da Kapulana contou com o apoio de vários colaboradores, com destaque para Prof. Nazir Ahmed Can (UFRJ) e Profa. Rita Chaves (USP), incansáveis em seu trabalho de divulgação da obra do escritor entre nós.

A Kapulana agradece ao autor pela oportunidade de publicar seu livro no Brasil e por sua dedicação em todo o processo de preparo e revisão do texto.

O criado, o criador e outras criaturas: notas sobre *As visitas do Dr. Valdez* e a escrita de João Paulo Borges Coelho[1]

Nazir Ahmed Can
Universidade Federal do Rio de Janeiro / FAPERJ / CNPq

As visitas do Dr. Valdez integra-se em um projeto literário que se apresenta, hoje, como um dos mais desafiadores dos contextos de língua portuguesa. Desde 2003, ano de sua estreia como ficcionista, com *As duas sombras do rio*, João Paulo Borges Coelho publicou sete romances, dois volumes de contos e três novelas. A este registro vertiginoso, que não dispensa o rigor e a experimentação estética, juntam-se dois livros de histórias em quadrinhos, lançados em Maputo no início dos anos 80, e algumas narrativas curtas espalhadas em edições de natureza diversa. Embora também seja um reconhecido historiador, João Paulo Borges Coelho evita em seu trabalho artístico o caminho da restituição didática do passado. Apoiado em estratégias como a metonímia, a metáfora ou a alegoria, frequentemente mediadas pelos recursos do humor e da ironia, o jogo que propõe aponta antes para as trocas simbólicas entre o "pequeno" (cotidiano) e o "grande" (história). Virtuoso, o primeiro abre fendas no solo rígido do segundo.

Ambientado na Ilha do Ibo e na cidade da Beira, em um tempo complexo que se situa entre o já agônico colonialismo português e a

---

[1] Este texto foi escrito com o apoio da Fundação Carlos Chagas Filho de Amparo à Pesquisa do Estado do Rio de Janeiro – FAPERJ (Programa Jovem Cientista do Nosso Estado, processo nº E-26/203.025/2018) e do Conselho Nacional de Desenvolvimento Científico e Tecnológico – CNPq (Bolsa de Produtividade em Pesquisa, Nível 2, processo nº 307217/2018-3).

eufórica independência moçambicana, *As visitas do Dr. Valdez* coloca em cena a experiência do interstício. A narrativa gira em torno do empregado doméstico Vicente e de suas patroas, as velhas mestiças Sá Amélia e Sá Caetana. Preocupada com os delírios da primeira, que reclamava das ausências do Dr. Valdez, entretanto já morto pelo excesso de manteiga ingerido em vida, Sá Caetana propõe um jogo a Vicente: resgatar o médico das cinzas. Assim, nos domingos de folga, Vicente disfarça-se de senhor doutor branco, em uma tripla transformação que visa devolver alguma alegria à Sá Amélia. Mas não só.

Com o disfarce do velho colono, elaborado na escuridão solitária e precária de seu quarto, o jovem empregado encontra uma criativa maneira de confrontar Sá Caetana e todo o imaginário por ela representado. Por trás da máscara, Vicente aciona um discurso estrategicamente ambíguo e passa a atuar em um dos campos que mais aflige os poderes autoritários: o da imaginação reivindicativa. A imitação que faz do Dr. Valdez, na cara e na casa da autoridade, desestabiliza a velha ordem colonial ancorada nas premissas da superioridade racial e científica e, como tal, no privilégio que decorre da primazia e da lei. O jovem procura libertar-se, portanto, de uma vida de submissão que lhe parecia destinada e acompanhar a mudança que, a um nível mais abrangente, se vai anunciando em Moçambique. Contudo, recorda com frequência as palavras de seu pai: o velho Cosme Paulino exigia-lhe que desse continuidade a uma história de servidão, cuidando das senhoras como se de sua própria família se tratasse. A vinculação quase umbilical a dois mundos opostos acentua a ambiguidade das relações entre as personagens, que são convidadas a ocupar distintas posições durante a narrativa.

Realizadas em três domingos e estruturadas em torno de outros tantos núcleos de significado (gesto, voz e olhar), as visitas do Dr. Valdez asseguram ao empregado alguma margem para expressar seu descontentamento. O discurso de Vicente, na primeira visita, adquire uma capa predominantemente visual. A maneira como se disfarça e os pensamentos que elaboram seus gestos constituem uma eficaz afirmação pública de sua rebelião privada. Executando de maneira sagaz e irônica os gestos doutorais de Valdez, avança por fronteiras até então intransponíveis: senta-se pela primeira vez no sofá, aceita o chá servido pela patroa, toma a iniciativa de observar da janela o quintal e espanta-se com o espaço miserável que é reservado aos criados... Enfim, graças ao novo lugar que lhe cabe no cenário, vê o mundo de um ângulo inédito. E se faz ouvir, mesmo quando silencia. Em contextos onde o estatuto impera, a autoridade não necessita de muitas palavras para se fazer valer. O discurso verbal da dupla Vicente/Valdez progride do comedimento, na primeira visita, para o confronto aberto, na segunda. Programada nos bastidores, depois de um inusitado encontro entre o criador Vicente e a criatura Dr. Valdez, a terceira visita sintetizará as duas anteriores, além de trazer o complemento fundamental da máscara-elmo, peça tradicional da arte maconde que se sobrepõe a do Dr. Valdez. Em dificuldade por ter que se dirigir a quem não vê totalmente, Sá Caetana perde um dos seus principais pontos de apoio: o desigual duelo de olhares.

Assim, após a performance física da primeira visita (que conforma ironicamente a imagem do colono) e da reivindicação retórica da segunda (que confirma a indignação do colonizado, mas o expõe a um risco), a terceira visita será marcada pelo impacto do olhar e de seus desdobramentos. Qualquer desses encontros terá contornos e resultados imprevisíveis, que não nos cabe aqui esmiuçar. Mas não resistimos a uma especulação: a representação de Vicente talvez nos queira dizer, entre outras coisas, que a arte é menos transformadora no momento em que explicita a raiva do que quando, sem renunciar ao compromisso político, faz a adequada mediação das estratégias que lhe são específicas (o gesto, a voz, o olhar e a necessidade de se colocar no lugar do outro). João Paulo Borges Coelho, por seu turno, parece querer complementar com uma pergunta: até quando serão necessárias as máscaras?

Cada uma dessas visitas, por outro lado, nasce de contextos específicos dentro dos quais a memória – imediata, remota, inventada – desempenha uma função relevante. Os jogos de espelhos internos à própria estrutura narrativa, que nos reenviam ao universo íntimo das personagens, complementam e orientam o sentido da teatralização. Compondo os bastidores – ou a pré-história – da encenação, o olhar retrospectivo do narrador e das personagens afigura-se como chave de leitura para as três visitas do Dr. Valdez. No que se refere a Vicente, as memórias remontam, por exemplo, ao tempo da infância, quando presenciou a humilhação pública de que foi alvo seu pai às mãos do patrão Araújo, em um dos episódios mais violentos já relatados na ficção moçambicana; indicam ainda o presente das saídas noturnas, tensão e excessos partilhados com seus amigos Jeremias e Sabonete, que também são empregados domésticos; finalmente, projetam o futuro enganador, metaforizado nas luzes de neón da Boite Primavera e na dança sinuosa de Maria Camba. As figuras do pugilista Ganda, herói nos ringues e engraxate fora deles, e do estranho dançarino que com sua arte recupera a complementaridade perdida do mundo, funcionam também como ativos lugares de memória para o empregado.

    A compulsão memorial que atravessa a narrativa e a escrita de João Paulo Borges Coelho, conferindo-lhe unidade, está subordinada a uma resposta artística às formas de produção do esquecimento, especialmente aquelas que são elaboradas pelo discurso político. Este tipo de discurso possui uma natureza programática que choca com o espaço da intimidade (dos rumores e dos desejos, dos ódios e dos segredos, das ambivalências e das confluências) onde sua literatura se alimenta. Em suas obras, aliás, qualquer tipo de mergulho no passado é orientado por um presente repleto de complexidades. E vice-versa. Ao autor, por isso, interessa menos enquadrar a lembrança em um registro fixo de verdade do que ligá-la a um campo aberto de interrogações e interpelações.

Ao eleger caminhos que favorecem a sobreposição de tempos e memórias, a pluralização da geografia literária, a densidade existencial de heróis e personagens secundárias, a diversificação de posturas do narrador e a desestabilização de doxas por via de uma pesquisa estética sobre o paradoxo, João Paulo Borges Coelho consolida o romance moçambicano e constrói um novo lugar no campo literário.

Celebremos, pois, sua primeira visita ao leitor brasileiro.

Rio de Janeiro, 20 de julho de 2019.

As visitas do Dr. Valdez

ex nihilo nihil
Persio

1

O *Friendship* F-27 da carreira regular da DETA chegou a horas. Fez-se à pista com fios finos de água da chuva escorrendo-lhe pelos costados e tocou suavemente o alcatrão, deixando-se deslizar por um bocado em cima dele, largando milhões de gotas tumultuosas que de longe formavam graciosa nuvem. Passado um pouco começou a travar, primeiro levemente, logo depois com mais resolução, tudo isto a tempo de poder dar uma curva tensa que lhe permitiu deixar a pista e entrar na placa em frente à gare do Aeroporto Sacadura Cabral onde chegou como uma grande ave molhada sacudindo as penas.

As duas velhas e o rapaz nada disto poderiam testemunhar porque permaneciam de olhos fechados, os dentes cerrados dentro das respectivas bocas, as seis mãos fincadas como se as cadeiras lhes fossem fugir debaixo dos pés, os tornozelos esfregando-se uns nos outros. À espera que a provação terminasse.

O avião deslizou ainda um pouco e acabou por estacar com um ligeiro sobressalto e um ruído de motores, há pouco tão ensurdecedor, agora cada vez mais tênue, quase um lamento tímido, um gás escapando-se pelas suas metálicas costuras. Finalmente fez-se silêncio.

– Caetana, tenho medo – articulou a primeira num sussurro. Desde que o mundo começou a desabar, dentro do seu corpo e fora dele, em redor, que diz aquilo como quem recita uma ladainha. Não é um medo físico que enuncia neste seu queixume mastigado, nem poderia sê-lo agora que o corpo se afasta de si, que a envolve como uma massa inerte e quase estranha. É medo daquilo que não entende, do mundo que desaba. E como é obstinada e ainda não desistiu inteiramente das coisas, enuncia aquele "tenho medo" sempre que os desvios à sua cada vez mais estreita lógica lhe surgem sem prévio aviso. Um enunciado que é também uma censura, culpando a irmã que lhe deveria intermediar o desconhecido, torná-lo inteligível, e se desleixa.

— Já passou, irmã, já estamos outra vez no chão — respondeu Sá Caetana sem sequer olhar para o lado, com um pouco de medo ela própria, mantendo a surdina daquele diálogo privado que os restantes passageiros não têm que escutar. — Está tudo bem — repete, embaraçada porque a outra não engole como ela o medo, expondo-as assim às duas.

O silêncio de Sá Amélia significa talvez que se aquietou. Por outro lado, o silêncio do jovem criado Vicente, encostado à janela por onde espreita agora lá para fora, resume o misto de curiosidade e pavor com que atravessou os ares salpicados de nuvens desde Porto Amélia até à cidade da Beira, duvidando ainda que esta aventura tenha chegado ao fim.

Com razão. Mal refeitos ainda do susto e piscando os três os olhos para enfrentar a claridade no umbral da porta do avião, inclinou Sá Amélia o corpo pousado na cadeira de rodas que a levava, empurrada por Vicente. Foi então que se desapertou um pouco o corpete, pressionado pelos peitos fartos da velha senhora, e dali de dentro jorrou uma cascata brilhante de moedas. Incontáveis moedas antigas de todas as origens, desde réis portugueses e florins britânicos de ouro a cruzados e rupias de prata, passando até por macutas e patacas, ceitis, mais modestos bazarucos e algumas terezinhas. Quantas mãos calejadas as tiveram que afagar para que ficassem lisas daquela maneira, sem rebordos angulosos, os desenhos mortiços, os olhos das efígies já baços e sem brilho. Cegos barbudos. Senhoras cegas.

Moedas que passaram pelas mãos nervosas de piratas, alisadas pelo seu sarro antigo, cheirando ao suor e ao medo dos escravos; moedas de Goa, austríacas, transportadas em navios com nomes como *Giuseppe & Tereza*, *Príncipe Ferdinando* e *Santo António das Almas*, alvas como o algodão colhido e odiado, ou da cor do sisal e do coco; moedas com a dor e o empenho do trabalho, que revelam a diversidade de um tempo que vai chegando ao fim. Brilhando mais que todas, grossas libras de ouro inglesas, mais recentes, as rainhas de todas as moedas. Saltam e rodopiam como loucas. Abafadas durante tanto tempo em arca pousada na penumbra de um qualquer compartimento, e depois naqueles peitos transitórios, soltam-se alegres pela escada abaixo, espalhando-se pelo espaço amplo da placa do aeroporto. Como se cada uma procurasse o seu refúgio.

Sá Caetana não pode censurar aquele gesto desajeitado da irmã, um gesto de quem se desajeitou já, e irremediavelmente, no manuseamento da vida e do presente. Assim, não faz mais que piscar o olhar tenso, dirigindo-o fugazmente para Vicente, o criado que deveria estar atento e se distraiu. Este pode, pelo contrário, sentir-se culpado da sua desatenção, da sua lentidão em levar as mãos ao seio da patroa para formar uma represa que detivesse o fluxo brilhante que corre agora solto. Talvez tenha sido o respeito que o demorou, talvez a surpresa. O que é certo é que em vez de as levar aonde devia as levou à boca muito aberta num gesto sem proveito algum. Igualmente destituído de utilidade é o abanar de mãos de Sá Amélia, para cima e para baixo, desencontradas, como se quisessem chamar as velhas libras inglesas de volta ao redil que é aquele velho peito, mas que mais não conseguem, ao chocalhar as grossas pulseiras, que juntar um restolhar cavo de ouro grosso ao tilintar estridente que as moedas já faziam.

A confusão de sons e embaraços atraiu o olhar geral. Passageiros que já haviam descido e se viram para trás, funcionários que cercam e apalpam o avião para lhe medir o estado depois de tão longo e exigente percurso, hospedeiras elegantes e engomadas, e mesmo pilotos espreitando das suas minúsculas janelas, anotando ainda em pequenas folhas todos os detalhes do voo e porventura mais este – todos seguiram com curiosidade o episódio. E logo a seguir a multidão gatinhando pelo chão, muitos para ajudar a remediar aquela contrariedade, alguns navegando nas desatenções para meter as desconhecidas moedas ao bolso. Vicente, frenético entre eles, procurando com grande esforço repor a imagem que as duas mulheres já fizeram de si. Que quer que voltem a fazer.

Por fim quase todas foram apanhadas, quase todas devolvidas à sua legítima dona. Excetuaram-se umas poucas, parte recolhidas na penumbra da má intenção, a outra esquecidas nas frinchas do alcatrão onde serão encontradas no futuro levantando interrogações sem explicação.

E qual seria a explicação para quem as vai achar mais tarde? Será que foram entesouradas porque sobravam ou, antes, porque a dona delas há muito que previa este desfecho e se precavera? Difícil saber-se, porque Sá Amélia pouco fala e muito menos falaria agora nisto. Limita-se a abrir a boca como uma grande garoupa surpreendida fora de água; mais não consegue que agitar as trêmulas mãos descoordenadas.

Se falasse, talvez dissesse que as moedas eram muitas porque insaciável foi a sede que delas tinha quem as amealhou.

* * *

Ernestino Ferreira, autointitulado major só porque chegou como soldado branco para servir no Posto Militar do Mucojo, nos tempos idos da Companhia do Niassa, por volta de 1907. Nos dois anos que ali ficou, zelando pela cobrança de impostos, ganhou fama pela sua crueldade e ambição. E, também, pelo seu amor a Ana Bessa, uma mulata da ilha do Ibo, mais velha, mas bela como nunca chegou a haver ali outra. Daquelas cujo corpo se deixará deformar pela idade, mas que antes disso é um esplendor. Terá ela sorrido ao militar, terá eventualmente acontecido um pouco mais, mas nem por isso Ana Bessa o deixou chegar às suas alturas: tivera já experiências, não era ingênua ao ponto de se deixar entontecer por um jovem de bigodes recém-chegado de Portugal. Passeava o seu langor trocando os olhos ao homem, e isso lhe bastava. Além do mais, vivia amigada com um alemão. Extinguiu-se o posto do Mucojo dois ou três anos mais tarde, criando-se no seu lugar um conselho. Deixavam de ser precisos soldados, e se isso cortou as pernas aos planos do major, deixou-lhe, contudo, intacta a ambição, e intocado o amor. Cego para as restantes mulheres que havia na terra, belas e disponíveis, só tinha olhos para Ana Bessa e custava-lhe suportar uma resposta ao seu gesto tão nobre assim tão sonsa e desinteressada, tão cheia de uma sobranceria educada.

Resolveu partir o major pelos matos fora, para saciar a sua desmedida sede de riqueza segundo uns, em busca de emoções fortes que se sobrepusessem ao amor ferido, que era público, no dizer dos restantes. Percorreu os sertões do Norte de Moçambique de lés a lés, acabando por se estabelecer perto do Zóbuè, na fronteira com a Niassalândia inglesa, onde passou a viver bastante despojado numa palhota, dormindo no chão como os locais, comendo da panela e da fogueira como eles. Mas sempre maquinando.

Fez-se amigo do régulo Chimarizene, juntando-se a uma das filhas deste, Alina, rapariga muito feia. Com o dito Chimarizene por comparsa calcorreou o rio Vúdzi, pequeno de águas, mas importante caminho para os homens que vinham da Angónia e mais de cima, para lá de Dedza, em busca de trabalho, por ouvirem dizer que o havia mais abaixo. À espera deles, junto à margem, encontrava-se o major com falas mansas e inúmeras e fantásticas promessas. Levava-os e vendia-os depois a um certo Lipovich, que por ali andava a mando dos sul-africanos do ouro em busca de mais braços que lhes escavassem as minas. Os homens embarcavam sorridentes, pensando que os esperava o paraíso. Iam contudo direitinhos para o inferno, em vagas sucessivas. Grossos cordões de gente franca e prestável, rindo por tudo e por nada, os pés disformes de tanto caminhar na perseguição de sonhos pelas margens do rio Vúdzi abaixo, com saquinhos de farinha presos à cintura e chapéus de palha de mapira descaídos para a nuca. Silenciosas e escuras ondas de gente misturando-se ao pó dos caminhos, levando parte dele agarrado à pele. Por vezes entoando melopeias tristes, e era como se todo o mato – as árvores e as águas, as pedras e os bichos – enunciassem em uníssono um preságio.

Com tudo isto ganhava o Chimarizene uns garrafões de aguardente (era muito chegado a ela) e as risadas irónicas e conluiadas do major e desse tal Lipovich. Ao primeiro ficou-lhe daí, desse negócio, um princípio que nortearia a sua ação pela curta vida fora: cada trabalhador, cada moeda.

Durou pouco, contudo, a ligação. Lipovich partiu por qualquer não descortinada razão e o major também tinha pressa de regressar à costa para ostentar o que ganhara. Nesse tempo trabalhava-se no Mucojo e vendia-se e gastava-se na ilha do Ibo, quase em frente. Foi aqui, nesta última, que Ernestino Ferreira construiu bela casa com varanda e escadaria para o mar, esperando com isso quebrar enfim a resistência da mesma Ana Bessa de antes, que continuava bela e ligada ao alemão. Um dia desceria com ela por ali de mão dada, augurava ele entredentes, obstinado.

Mas os anos passaram sem que Ana Bessa cedesse, sem que lhe viesse a vontade de descer aquelas escadas. Enterrara já um marido antes do tal alemão, trazia duas filhas sem contar com o primeiro, um rapaz que se finara em tenra idade ainda, de uma injeção estragada. Alargava-se o espaço entre os destinos de ambos, malgrado os esforços do major.

Um dia o alemão fugiu, espalhando atrás de si emoções desencontradas. De surpresa na pequena colônia, de infinita tristeza em Ana Bessa, de esperança renovada em Ernestino. Talvez que agora ela cedesse, talvez que o castigo que é sempre a solidão a fizesse reparar nele com outros olhos. Debalde, porque Ana Bessa, embora não lhe manifestando animosidade particular, não deixava por isso de continuar a manter as distâncias. Bons dias major, boas tardes major, às vezes nem isso, apenas um acenar de cabeça, uma vaga e desinteressada mirada. Virava-se antes para dentro. Ou punha a vista no mar, quiçá esperando que de lá lhe fosse devolvido o alemão.

Diz-se que em momentos de tristeza costumavam as mulheres desta costa ficar olhando o mar. Este quase ritual terá surgido porque se trata o Índico de um mar de passagem, de onde desde tempos imemoriais costumam vir belos marinheiros semeando promessas por cumprir. Um deles cumprirá a sua, um dia.

Num gesto de desespero, Ernestino abordou então Ana Bessa com uma proposta diferente: de chofre, pediu-lhe uma das filhas em casamento, Amélia, então com vinte e quatro anos, a mais velha e feia das duas que a bela mulher havia gerado. Pretendia o major, com o gesto, que a amada reconsiderasse. Que caísse em si e visse como o fato de ir casando as filhas encurtava a possibilidade de ela própria voltar a casar um dia. Só que Ana Bessa acedeu prontamente à solicitação, surpreendendo o infeliz. A Amélia também pareceu bem. De modo que a Ernestino só restou cumprir com a palavra, que nesse tempo valia muito mais que nos tempos que correm. E ao padre Jacinto casá-los na pequena Igreja de São João Baptista. Em vez da bela esposa almejada, ganhou o major uma bela sogra com uma esposa feia de permeio.

Despeitado, pegou nesta última e voltou a partir: já que não podia ser feliz, queria ao menos ser mais rico. Reencontrou o régulo Chimarizene, seu parceiro de tantos negócios passados, mais velho e desdentado, mas ainda vivo e escarninho, ainda sedento de aguardente. Esperando-o com a filha feia para lhe devolver. A Ernestino interessava reatar o negócio, de modo que acedeu e durante três anos viveu neste arranjo com as suas duas mulheres feias: Sá Amélia dentro de casa, Alina Chimarizene na palhota. E se esta última reconhecia e respeitava a primeira, vinda de fora, com modos de mulher quase branca, Sá Amélia, pelo contrário, não queria nem ouvir falar na concorrente, que o despeito e o ciúme punham ainda mais feia do que na realidade era.

Coitada de Sá Amélia! Posta em segundo lugar desde criança,

o casamento prolongava-lhe a desdita ao invés de acabar com ela. "Queres pôr o Chimarizene contra mim, mulher?", indignava-se o marido quando ela lhe colocava a questão. "Queres ver-nos na miséria?", chantageava ele, exagerando. De modo que a pobre mal punha os olhos no major de dia, resignando-se a partilhar com a outra as noites dele. Não havia outro remédio.

Mas não era apenas desta humilhação que lhe vinha o desconforto. Desconhecia a língua que se falava, exasperava-se com os criados. Assustava-a o rugir das feras e o cantar noturno dos trabalhadores em trânsito, que pernoitavam ali mesmo ao lado da sua janela. Não distinguia umas de outros. Habituada desde pequena a respirar o ar do mar, à largueza de vistas que ele proporciona, também aqui procurava uma varanda de onde pudesse estender o olhar. Mas pobre dela, que o mar era ali um arvoredo denso, um capinzal opressivo e cheio de estranhos sons de onde parecia vir todo o mal!

Entretanto, Ernestino voltava ao negócio com afinco, adaptando-o aos novos tempos que corriam. É que agora eram precisos trabalhadores na Zambézia, no corte da cana-de-açúcar, e vá-se lá saber por que valia cada trabalhador da Angónia, dos lotes que ele fornecia, duas vezes um trabalhador comum de outros lugares. Talvez porque não fossem camponeses locais envolvidos no trabalho à chibatada, mas antes estrangeiros que vinham de outros lugares cantando pelos caminhos para esconder a tristeza em que se achavam por estarem longe de casa. E trabalhassem depressa para poder regressar a ela.

Foram, para Ernestino, durante esse período, duas moedas por trabalhador, excetuando os muito velhos e os visivelmente doentes, enquanto para Chimarizene vigorava ainda a medida antiga, o mesmo dedal de aguardente má, nublado que se achava ele, na maior parte do tempo, pelos vapores do álcool. Incapaz, portanto, de atualizar os seus interesses.

Qual seria o passo seguinte do major, cada vez mais rico, não se chegou a saber nunca, porque ele se finou certa noite sem aviso, quando dormia na esteira de Alina Chimarizene. Muito se especulou em consequência, enquanto Sá Amélia ruminava o seu constrangimento. Uns surpreenderam-se com os dotes que Alina, mulher tão feia, deixava ali demonstrados, comprovando que não é preciso que a beleza esteja presente para haver ciência e arte; dotes fortes a ponto de transportarem o major para a outra vida. Para outros, porém, aquilo fora antes obra de uns pós malignos do pai da moça, que já farejava traição e se decidira a desenterrar um resto de dignidade que afinal ainda tinha. Nunca se soube ao certo. Certo é que Alina Chimarizene voltou pela segunda vez para casa de seu pai, enquanto Sá Amélia, triste e chorosa, regressou ao Ibo, deixando para trás um período da vida de que não gostou, levando consigo uma imensa riqueza e uma incomensurável saudade já dos prazeres que ainda assim o major lhe proporcionara. E que acabariam por ser os únicos que chegou a conhecer.

* * *

Cada trabalhador, cada moeda. E agora que tudo se foi tragado pelo tempo, são elas o único vestígio desse esforço passado de patrões e cortadores de cana. E de mulheres feias pilando milho ou entretendo o tédio na varanda, em frente ao mato. Sá Amélia, agitada, vai metendo no corpete as moedas que lhe devolvem, vai recolhendo os restos do seu passado de volta ao lugar aonde pertencem, junto do seu velho coração.

Depois, esquecido o incidente, recomeçou a cair uma chuva miudinha do céu de chumbo. Recompôs-se o movimento do aeroporto, com carregadores diligentes e passageiros apressados, no meio deles as duas senhoras e o rapaz com gestos titubeantes e desirmanados sacos indiciando não ser seu hábito viajar. Tomando fôlego para encetar esta última etapa da viagem que começou na ilha do Ibo, na velha lancha sulcando o mar alterado para chegar ao continente (quantas vezes se benzeram!), no avião que deixou Porto Amélia sacudindo-se por entre as nuvens (quantas mais!), tudo isso para fugir à guerra que se instala e começa a transformar a velha terra de onde vêm. Chegados à cidade da Beira, falta-lhes ainda mais este passo para que a viagem chegue ao fim.

A longa estrada que, muito direita, parece procurar o mar. O Estoril, o hospital, a Praça da Índia, o Oceana e, finalmente, o Grande Hotel, eram nomes que a boca do motorista desfiava e aos três nada diziam: estavam ainda apegados aos nomes antigos, mais simples, menos intricados; faltava-lhes ainda espaço para absorver as novidades. Talvez não o chegassem a ter de todo. Olhavam a cidade com desconfiança. Que diferença da serenidade da maré vazia do Ibo, com os seus ecos cristalinos; ou do coqueiral infinito do Mucojo, com a sua penumbra e os seus mistérios! Olhavam o emaranhado de ruas sem direção e fugia-lhes a vontade de dar um passo, com medo de se perderem. Olhavam os prédios imensos erguendo-se levianamente acima das árvores, arrogando-se uma perspetiva que só fica bem a Deus ter, e desaprovavam com um abanar da cabeça.

"Quanta gente circulando perdida sem ter quem a proteja", pensava Sá Caetana. Trazia ainda o hábito da sua terra, onde quase toda a gente tinha quem zelasse por si. Se uma criança partia um vidro ou roubava fruta era diretamente ao patrão do pai dela que se dava notícia do caso, na certeza de que este ajustaria contas com o seu criado que, por sua vez, chegado a casa, castigaria o filho rebelde. Se alguém bebia e se tornava irreverente havia sempre acima dele um interlocutor para recolher a censura, um capataz, um vizinho que incutisse no visado o arrependimento assim que ele voltasse a estar sóbrio, ou mesmo antes disso. Nesta verticalidade solidária em que ninguém enfrentava sozinho o mundo se fundava todos os dias um futuro previsível, um presente mais sereno.

"Não como aqui", estranhava Sá Caetana, "onde as pessoas circulam sem que se saiba a quem pertencem." Num anonimato repleto de ansiedade. A quem pedir contas? A quem solicitar proteção? Perdida nestes pensamentos Sá Caetana sentia um arrepio de frio, fechava-se à novidade.

Ficaram instaladas no rés do chão esquerdo de um pequeno prédio da Ponta Gea. Teria havido óbvias vantagens em morarem mais acima, não só para fugir aos ladrões, mas também para melhor poderem desfrutar a brisa do mar. Impedia-o, contudo, a cadeira de rodas de Sá Amélia conflitando com as escadas, de modo que Sá Caetana achou que estava tudo bem. Ocuparam esse pequeno apartamento austero e impessoal, povoado pelo escasso mobiliário que se esperaria que tivesse, resumido a duas camas no quarto de dormir, uma mesa na cozinha, um sofá e duas ou três cadeiras na sala, assentes sobre um tapete de flores murchas e sem cor. E mais dois ou três pormenores inúteis que Sá Caetana foi inspecionando com um ar conformado e triste. Perguntava-se se chegaria a ver envelhecer estas paredes como vira envelhecer as outras, conhecer esta nova geografia ao ponto de caminhar pelo corredor sem precisar de acender a luz ou sequer de abrir os olhos.

Estranhou as primeiras noites. Desciam de maneira diferente, contrariadas pelas inúmeras luzinhas que faziam nascer sombras móveis e furtivas, nunca aquela escuridão total que favorece o recolhimento; ou, quando chegava a lua cheia, impedindo o esplendor das noites brancas. As árvores, com as ramagens podadas rentes pelos serviços municipais, não murmuravam perturbadas pelo vento, deixando apenas escapar uma espécie de chilrear inexpressivo. A terra não tinha cheiro, parecia morta. As ondas do mar mantinham-se ao longe, a sua presença afastada pelo ronronar dos automóveis, pelo seu cheiro acre e incomodativo. Surgiam em fios lentos, esses automóveis ordeiros e tristes, povoados de vultos silenciosos. Sá Caetana não sabia de onde vinham, desconhecia para onde iam. Como se estivessem condenados a um perpétuo e circular movimento, e ela a ser disso testemunha. Só os grilos e as rãs permaneciam os mesmos, trocando mensagens, interpelando-se, aproveitando a noite para pôr as suas contas em dia.

Por tudo isto decidiu Sá Caetana que os três viveriam ali como quem vive numa ilha. Preservando ferreamente o seu espaço, ignorando o mar desconhecido que os cercava. Atenta, até das baratas que passavam furtivamente pelos cantos da cozinha desconfiava. Pareciam-lhe diferentes das que conhecia, mais dissimuladas. Matava-as com redobrada fúria. A água era menos salgada que a velha e conhecida água do poço. A luz elétrica demasiado branca. O pão também. E mesmo quando no íntimo não encontrava defeitos nas coisas e nas pessoas, remoía durante algum tempo na certeza de que acabaria por encontrá-los.

Não que estes defeitos lhe permitissem justificar tudo o que deixara para trás. Havia dias em que olhar para o passado a incomodava. Pensava então que tudo o que até aí lhe parecera eterno, seguro e sem mudança, era afinal efêmero e frágil. E revoltava-se contra esse passado falso no qual tanto confiara, que lhe surgia agora como uma miragem enganadora, uma prolongada ilusão. Eram esses os dias em que mais sofria, impossibilitada de encontrar no presente ou no passado o seu lugar. Para além da devoção a Deus, tão natural que quase nem merece referência, aplacava a angústia desses dias na tarefa de cuidar da irmã.

Desde que a fora buscar naquele dia, resgatando-a de um desaparecimento que, de outro modo, teria sido sem traço, que assumia lucidamente esse dever. Que, portanto, não era tanto um gesto piedoso de fazer o bem quanto uma forma limpa de encontrar uma finalidade para a sua vida terrena. A outra, para além da morte, surgia-lhe clara e previsível no regaço de Deus.

Ao lado, a surpresa de Sá Amélia há de ser também enorme. Embora, ao contrário da surpresa da irmã, não esteja assente na atenção às coisas e na sua comparação. É antes uma surpresa igual à que seria se estivessem noutro lado qualquer, uma surpresa sem meandros, um grande e geral ponto de interrogação perante a vida.

As visitas do Dr. Valdez

O silêncio impera naquela casa durante a maior parte do dia. Silêncio feito da ausência de palavras, apenas perturbado pelo tic-tac cadenciado do relógio de parede na sala, pelo ronronar do frigorífico na cozinha. E pelo assobio alegre de Vicente, que o sopra enquanto deambula por ali realizando os trabalhos domésticos. A princípio Sá Caetana ainda o mandava calar:

– Acaba com o assobio, rapaz! Onde se viu um criado assobiar dentro de casa da patroa?!

– Sim, senhora! – calava-se ele.

– Esta casa é mais pequena, mas é como se fosse ainda a Casa Grande do Ibo, entendes? Haja respeito!

– Sim, senhora! – repetia ele.

Mas a maneira franca e desabrida como voltava a assobiar pouco depois, esquecido já, e sempre, das repetidas chamadas de atenção, o vigor alegre com que o fazia, revelava que não estava no propósito de Vicente faltar ao respeito. Era a sua natureza extravasando, apenas isso. Porque assobiar inculcava ritmo nas monótonas tarefas que lhe enchiam os dias: empurrar a cadeira de rodas de Sá Amélia para cá e para lá, embalando essa criança velha, fazer em braços o transbordo da volumosa senhora para o sofá ou para a cama, lavar a roupa, limpar o pó. A nada se negava o rapaz, como não se negaria a fazer o que lhe fosse ordenado pelo próprio pai.

"Vais com a Senhora Grande, entendes?", dissera-lhe ele à partida. "Vais com ela para a cidade para servi-la e cuidar-lhe da irmã doente. E vais com juízo. Vais para fazer tudo o que ela te mandar, sem exceção. Se pudesse ia eu próprio porque esse é o meu dever. Fico porque tenho a Casa Grande, o coqueiral do Mucojo, a pesca e os teus irmãos mais novos para cuidar. Quando ela te ordenar alguma coisa será a mim que ordena. E se desobedeceres, serei também eu próprio quem desobedece. Entendes?"

Vicente entendia. Entendeu, porque jamais lhe ocorreria faltar ao respeito à Senhora Grande. E se assobiava era porque não estabelecia essa estranha relação que há entre o silêncio e o *ishima*, o respeito.

— Sim, Senhora Grande! — dizia ele, fugindo à desobediência, ligeiramente intrigado com a irritação da patroa.

Sá Caetana acabou por desistir dos seus reparos. Acabou mesmo por se acomodar a esse fio melodioso que lhe trazia sinais da terra, lhe despertava pequenas lembranças atiradas para os recantos escuros da memória e de onde já só saíam ajudadas; irrelevantes a princípio, mas cada vez mais caras à medida que o tempo as afastava. Sá Caetana afeiçoava-se àquela criança grande só falsamente irreverente.

Até porque afora isso, afora o dito assobio, impera o silêncio naquela casa. Faltam palavras e sons no espaço que se foi cavando entre as duas mulheres. Sá Caetana, porque se recolheu dentro da tristeza e do rigor dos seus olhos fixos, da sua boca fina e cerrada; Sá Amélia, porque há tempo que deixou terra firme, navegando hoje num mar revolto onde não se descortinam territórios nem fronteiras, onde tudo é tão igual e amplo que nada fica para dizer.

A primeira, com os óculos pendurados na ponta do nariz, borda nos seus panos réplicas de sinais que o tempo já levou, sinais que transporta no interior das suas memórias. Hoje está sentada na penumbra da sala. Desapareceram os recantos angulosos na escuridão que o fim da tarde já não consegue iluminar, ficou o espaço mais arredondado. Um último raio de sol incide diretamente sobre o pano cru onde ela vai bordando um par de gatos fofos, anafados. Gatos verdes, gatos que foi buscar ao sonho.

Na ilha do Ibo, onde cresceu, não havia gatos. Sempre que a sua mãe Ana Bessa os nomeava, povoando com um monte deles uma qualquer história fantástica, imaginava-os ela fofos e verdes (por um qualquer motivo nunca a mãe lhes dera cor, ou dera-a sem que Caetaninha, criança dispersa e impaciente, a retivesse). Viu gatos mais tarde, claro, gatos de quase todas as cores que os gatos têm: pretos, brancos, castanhos, pardos. Mas os gatos que agora borda são os gatos verdes da sua infância. Gatos imaginários. Gatos alegres que brincam na mornidão daquele último raio de sol procurando chegar com as patas felpudas às minúsculas e infinitas partículas que ele transporta. Quando o dia acabar, quando se começarem a acender pequenas luzes nas janelas, Sá Caetana depositará o pano na cesta da costura e os gatos ali passarão a noite, inacabados, à espera que nova sessão de bordado lhes aumente a definição.

Também Sá Amélia visita o passado. Só que com muito menos rigor que a outra, e também com um proveito diferente. Incursões violentas, erráticas, destituídas de critério. Que a deixam a ronronar de prazer ou a assustam e fazem gemer baixinho. No lugar dos gatos da irmã, com as suas cores de fantasia, são temporais que descabelam coqueiros, são vagas de trabalhadores macondes do coqueiral com dentes aguçados e faces escarificadas onde o diabo deixou estranhos sinais. Olhando Maméia, criança e feia, com os seus olhos amarelos.

– Caetana, tenho medo! – diz ela nessas alturas, num fio de voz, como se fosse há muito tempo e ela fosse pequena e chamasse pela mãe, Ana Bessa, na varanda da Casa Grande.

**

"Nastácia", suspirava então Ana Bessa de dentro da funda cadeira de palha, na penumbra da varanda onde passava as tardes olhando o mar e roendo castanhas de caju. "Nastácia", dizia para uma das criadas, "conta uma história à menina que é para ela não chorar".

Nastácia contava então uma história vulgar, povoada de tartarugas e estrelas-do-mar, história cantada, de embalar, sem princípio, meio e fim, cheia de voltas trocadas em que as tartarugas eram já grandes antes de nascer e as estrelas-do-mar se fartavam de falar. Onde os barcos eram princesas e os rudes capitães homens bondosos.

Era uma vez uma escuna que veio ver o Índico mar,
andou por aqui às voltas até que, cansada de tanto navegar
e cheia de calor, resolveu mergulhar.
Debateram o problema os marinheiros com vagar,
indecisos entre seguir com ela para aquele fundo lugar
ou abandoná-la à sua sorte e ficar à flor da água, a boiar.
Aprovou a maioria que todos a deviam abandonar,
opôs-se o capitão, pois um capitão nunca deixa de lutar.
De forma que um a um se foram os marinheiros afogar
enquanto o capitão se deixava com a escuna afundar.
Muitos anos ficou ali com ela, comendo estrelas-do-mar,
bebendo a água que queria que ali não havia de faltar,
conversando com os peixes que ali sabiam falar,
com anêmonas e tartarugas passando os dias a brincar,
quando as marés estavam claras vendo as estrelas do ar.
Até que um belo dia a escuna se pôs a mudar:
afinal ela era uma princesa com uma beleza sem par,
e ali mesmo, apaixonados, resolveram os dois casar,
e viveram para todo o sempre felizes, no fundo daquele mar.

Maméia seguia cada detalhe sem questionar, entrando naquela aventura, navegando salpicada pelas palavras que eram ondas saídas da boca de Nastácia e rolando pela varanda fora, alagando o espaço inteiro. A menina secava os seus olhos de sapo, abria e fechava a sua boca de garoupa, e serenava.

Ana Bessa podia enfim continuar olhando o oceano (quiçá esperando um alemão sem o saber, porque ele ainda não entrara na sua vida), como se nenhuma perturbação tivesse vindo perfurar o silêncio morno e arrastado da tarde cor da polpa do caju.

Vinha daí, dessa distância de Ana Bessa, sempre presa ao horizonte, o elo de orfandade que uniria mais tarde as duas irmãs, depois de um outro episódio, envolvendo os seus maridos, as ter separado quase irremediavelmente.

* * *

Njungo Araújo era ainda um miúdo de dezesseis anos quando deixou a transmontana casa dos pais, em Alijó, para trabalhar nas roças que o Visconde de Vale-Flor tinha em São Tomé. Mas deu-se mal, cansou-se de ser empregado, de tomar conta dos escravos dos outros. Desceu então um pouco mais em busca de um bocado de terra para plantar, e chegou a Moçambique. A terra que pretendia veio a achá-la no Mucojo, à beira-mar, depois de algumas peripécias.

Foi ali que conheceu o major Ernestino, porque alguém lhe disse que o segredo não estava na terra, mas nos homens para trabalhá-la, e que o major sabia melhor que ninguém como arranjá-los. Passaram a encontrar-se com frequência dado que o meio era pequeno e que o major, muito expansivo, estava sempre opinando e necessitando de nova gente que substituísse aquela que se cansava de o ouvir. Araújo, com o seu feitio discreto e encolhido, herdado talvez do outro mundo rural de onde viera, ouvia mais do que falava, e por isso Ernestino gostou dele.

Um dia em que o major foi de visita à casa de Ana Bessa, levou Araújo consigo. "Tem que conhecer novas pessoas, homem", dizia, "pois é aí que está a chave do sucesso nesta merda de terra. Falar com este porque conhece aquele, e por aí fora até conseguirmos o que queremos!". Era o tempo em que o amargo Ernestino negociava a mão de Amélia embora ainda com os olhos postos na sua futura sogra.

À mesa do chá, na varanda, discutiam-se os detalhes do negócio. Sobravam, à margem dessa conversa, Araújo que era visita calada e Caetana a quem a questão não dizia respeito. Trocaram-se olhares os dois, até para conseguirem justificar a inutilidade das respectivas presenças. E tanto se olharam que se iniciou logo ali um compromisso morno que atravessou incólume dois pares de meses e desembocou em casamento. Tinha Caetana apenas dezesseis anos.

Deram-se bem pelas mais variadas razões, principalmente porque a nenhum deles fazia falta uma grande paixão. Araújo queria assentar e buscava na rapariga quem lhe tomasse conta da casa; estava mesmo disposto a conceder-lhe inteira jurisdição sobre esse espaço. Ele tomaria conta do coqueiral, então ainda em projeto.

Caetana, por seu turno, buscava nele a segurança. Ia-lhe fugindo o mundo aos poucos e não queria correr o risco de ficar só. Primeiro foi o pai alemão diante das balas inglesas; depois, sinais inquietantes de que se seguiria a mãe, Ana Bessa, cujo olhar se perdia cada vez mais, e inexoravelmente, no líquido horizonte; por fim, a irmã, já com data de saída anunciada. O que aconteceria no final de todos estes trânsitos, quando não sobrasse ninguém para tomar conta dela? Deixou-se ir, portanto, nos braços daquele que inventou para a mulher a designação de Senhora Grande, passando a exigir que criados de dentro e trabalhadores do coqueiral assim se referissem à jovem Caetana.

Casados, Caetana permaneceu onde estava e foi Araújo quem veio habitar em casa de Ana Bessa, a sua sogra. Porque apesar de pretender dar um passo em frente para aprofundar a sua segurança, Caetana não estava na disposição de largar a que já tinha. Relutava em separar-se da mãe, alegando que o fazia apenas porque os sinais inquietantes que se infiltravam no caráter de Ana Bessa acabariam por adensar-se com a solidão que a jovem procurava, deste modo, contrariar. Araújo anuiu porque, ao contrário de Ernestino, não tinha ainda recursos que lhe permitissem construir casa de raiz nem iniciar sequer o almejado coqueiral do Mucojo. Finalmente, qualquer que fosse a solução, era para Ana Bessa indiferente desde que lhe deixassem a varanda em frente ao mar. E, agradecida, deixou-os não só tomar conta da casa como lhes ofereceu a Casa Pequena e o minúsculo coqueiral que tinha no Mucojo, que o seu desinteresse deixara estagnar e onde já quase nada crescia a não ser o capim. "Peguem naquilo e vejam se de lá conseguem tirar o pão para os meus netos", disse. Para Araújo não podiam as coisas estar correndo melhor.

A amizade entre Ernestino e Araújo quase que deu outros frutos para além deste, colateral, de se terem feito família. O major não só estava disposto a contribuir com homens para o coqueiral do Mucojo mas também a entrar com capital, que o tinha que bastasse e sobrasse, numa futura sociedade. "Que me diz, hem? Ferreira & Araújo, Sociedade de Empreendimentos Agrícolas e Comerciais?", insinuava ele em voz mansa, para ver se a sugestão caía tão bem no outro como já caíra em si próprio.

Mas a Araújo não soava bem. O seu projeto de negócio era mais modesto, resumido a um patrão e a criados poucos, mas fiéis. E, sobretudo, não notava em Ferreira um interesse genuíno em plantar coqueiros, disperso e ativo que sempre estava em muitas outras possibilidades e iniciativas. Parecia-lhe que o major se desinteressava de ver outras coisas crescer para além do seu próprio dinheiro.

Data desta altura a segunda saída de Ernestino Ferreira, tão despeitada quanto a primeira, de regresso ao Zóbuè, ao seu negócio de sempre e, nas horas vagas, à mesma Alina Chimarizene. Data também desta altura o afastamento entre as duas irmãs, que aquela partida acentuou.

Caetana dava razão ao marido e à sua posição de avançar sozinho com o coqueiral. "Não cedas!", dizia ela ante as dúvidas de Araújo, com uma decisão que tinha raízes no voluntarismo que trazia da infância e no ressentimento que lhe ficou de uma certa perda de estatuto, quando Wolf, seu pai, desapareceu. "Quem é que o Ernestino pensa que é, lá por ser rico?".

Por outro lado, e lamentavelmente, Amélia acomodava-se ao marido, falha de energias para combater o despeito dele. Não tanto por lealdade, portanto, mas devido ao distanciamento que herdara de sua mãe Ana Bessa. Estava sempre longe dos problemas, desarmava a irmã com uma espécie de candura, uma grande ignorância em relação aos pormenores do conflito. E isso deixou um certo azedume em Caetana, que por sua vez entristecia Araújo.

À noite, antes de dormir, ele virava-se para a mulher e dizia: "A tua irmã não tem culpa do feitio do Ernestino, deixa-a lá...". E estas contemporizações do marido irritavam Caetana ainda mais, talvez por se culpar a si própria de não poder culpar a irmã.

* * *

O silêncio. Por vezes o silêncio é uma parede intransponível. Mas no caso das duas irmãs era antes um canal de águas fundas e quentes que as ligava. Quando bordava os seus panos, Sá Caetana seguia as linhas com um olho, controlando com o outro os gestos da irmã, atenta aos seus sobrevoos, preocupada. Em contrapartida, Sá Amélia também ela de vez em quando descia das alturas por onde costumava pairar para visitar a irmã com ternas amabilidades. Fugazes, mas ainda assim suficientes para que a outra as notasse e recolhesse.

Por vezes era um silêncio diferente. Quando Sá Amélia se confrontava com os desconfortos da sua existência. Não só com o incessante assobio que lhe castigava os ouvidos, mesmo depois de os médicos lhes terem mexido dentro e de ele ter permanecido tão igual ao que era antes que para ela passou a ser aquele o som do silêncio, esquecida já do silêncio original. Também porque não lhe obedecia o corpo, não lhe respondiam os objetos que ela chamava para não ter que voltar a pedi-los à irmã, e eles sem sair do mesmo lugar. Rebelavam-se eles, rebelava-se o corpo, rebelava-se o destino.

Era então que ela se punha a entoar uma melopeia surda, metálica e aguçada como uma faca, ritmada por um ranger de dentes, embalada por um gesto do corpo curto e repetido, para a frente e para trás. Queria refletir nos outros o que sentia em si. Fingia não ver a irmã, desmaterializava-a com uma espécie de desprezo. Recusava a sopa ou o chá só para preocupar a outra, cerrando com firmeza a sua boca de garoupa. Traiçoeira que ficava nessas alturas, fingia aceitar como se tudo estivesse dentro da normali-

dade repetida, e só quando a colher lhe ia chegar à boca, zás!, um safanão e lá ia o prato inteiro pelo colo de Sá Caetana e pelo chão.
– Vicente! – chamava então esta, conformada. – Vem cá e traz o pano do chão que hoje temos festa!
Vicente vinha. Resmungando alto se estava maldisposto, que Sá Caetana assim lhe permitia desde que tivesse motivo para tal. Se pelo contrário estava em dia bom, limpava o chão e recolhia os cacos brincando e cantando canções antigas lá da terra, canções divertidas que faziam rir Sá Amélia e por vezes a serenavam, pondo fim ao episódio.
Hoje voltou a acontecer. O safanão, o prato feito em cacos misturados com a sopa derramada pelo chão, a gargalhada escarninha de Sá Amélia ante o invariável susto da irmã. Esta, crispada. Vicente chamado em voz alta e chegando com o balde e o pano do chão. Cantando e ensaiando trocadilhos para amansar a fera que ruge dentro da velha senhora: "Senhora, olha o avião lá no alto, *Ndeguê! Ndegueiôôô! Ndegueru-caiôôô!*".
Mas parece ser um daqueles dias em que nada a faz parar. Balança para trás e para a frente de olhar vazio, cerra os velhos e espaçados dentes: hoje não está disposta a cooperar. Estão baças as suas minúsculas pupilas. Emite um som baixo que ora é uma toada infantil, ora um som de tempestade vindo ao longe, um feroz vento sul aproximando-se.
Vicente volta à carga com redobrado empenho, a fraqueza e o cansaço que sente em Sá Caetana conferindo-lhe dupla responsabilidade. Lança uma adivinha para que a velha senhora lhe responda. O gemido continua. Procura fazer cócegas naquele pescoço farto sabendo que isso, mais que tudo, a faz rir. Mas hoje as mãos de Sá Amélia são garras que se agitam com um chocalho das inúmeras pulseiras e o obrigam a manter-se à distância. Nada a serena.
Estalam, surdas, as imprecações de Sá Caetana procurando exercer autoridade; mais abertas as da irmã, insurgindo-se. Enfim, Vicente vira-se para uma e para a outra, tentando contemporizar. Arrastam-se as cadeiras, range a cama, cai um candeeiro. Em cima,

as pancadas dos vizinhos incomodados são um contraponto que corta cerce o resto de privacidade que ainda ali havia.

Exasperada e de olhar seco, esgotada de argumentos, Sá Caetana levanta-se e caminha pelo quarto, como se reflectisse. Depois, abre a boca e deixa escapar, sem saber bem por que, uma ameaça que é ao mesmo tempo um derradeiro recurso:

– Amanhã vem visitar-nos o Dr. Valdez e eu vou queixar-me de ti, minha irmã! Vou dizer-lhe como te comportas! – disse.

Vicente surpreende-se com o recurso quase tanto como com o efeito que ele provocou na velha senhora doente. Sá Amélia serenou com a novidade, quis saber se era verdade, tomou até um pouco de chá sem protestar. Em seguida deixou-se docilmente adormecer, embalada pela perspectiva da visita anunciada, que era também uma visita do passado.

O passado apresenta sempre essa vantagem sobre o presente. Por mais exíguo e infeliz, podemos sempre aclará-lo com a aura que quisermos, podemos sempre o expandir e moldá-lo segundo o nosso desejo. E esse desejo é tanto mais intenso quanto pior for o presente em que vivemos. Resumido à sala e ao quarto, aos braços transportadores de Vicente, aos terrores frios que a visitavam de noite quando dormia, ou em pleno dia e escurecendo-o, quando delirava, Sá Amélia afastava-se deste presente, acolhia nos seus braços gordos, cheios de pulseiras chocalhantes, esse passado que a irmã anunciava. Polia-lhe agora as arestas quando inquiria detalhes: queria saber se o doutor vinha só, se ainda se lembrava dela, se vinha por causa dela. Branqueava-o para nele encontrar uma alternativa à sua dor atual.

E foi a meio destas interrogações que Sá Amélia resvalou finalmente para o sono, aquietando-se. Permitindo que Sá Caetana e Vicente também pudessem serenar e ficar a olhar um para o outro durante algum tempo, mastigando os restos da surpresa que o anúncio provocara.

* * *

As visitas do Dr. Valdez

O Dr. Valdez chegou à ilha do Ibo em 1940 e finou-se num dia vulgar de dezembro de 1959, à mesa do pequeno-almoço onde habitualmente se enchia de comida antes de sair para as consultas, no hospital. Em particular, foi o pacote diário de meio quilo de manteiga que o deitou a perder. Várias vezes a preocupação o assaltara enquanto barrava uma montanha de torradas e via a deliciosa substância amarela dissolver-se e nelas penetrar, deixando-lhes a superfície brilhante. "Veneno bom", pensava ele, "um dia terei que desistir de ti." Mas o tempo avançava e esse dia ia-lhe fugindo na frente.

Naquele fim de mundo a que se afeiçoavam, iam os estrangeiros perdendo aos poucos a noção da disciplina, desenvolvendo eflúvios libidinosos em relação à comida, ao sexo, à natureza. Comiam desalmadamente aqueles alimentos condimentados, quase sempre um pouco fermentados pelo calor, que despertavam neles impulsos contrários à moral e, muitas vezes, à natureza. Deixavam-se ir atrás destes de olhos brilhantes e lábios perlados de suor, tomados de uma espécie de frenesim nos prazeres, de impaciência no trabalho. Tal como se serviam das mulheres da terra no resguardo da noite, impunes e quase cândidos, também rasgavam sulcos nos campos quando o sol estava no pino, ou mandavam que tal fosse feito em seu nome. A água abundava, as sementes explodiam, germinando a uma velocidade estonteante na terra cheirosa e escura. Multiplicavam-se filhos pardos e meio clandestinos como crescia o pardo coqueiral, como o pardo campo de sisal lançava as suas intermináveis filas pontilhando o espaço, afastando o mato original para as margens da visão. E eles, os senhores, enriqueciam, perdiam o anonimato numa altura em que dele mais precisavam para poder dar largas aos seus alentos obscuros.

À chegada àquela terra permaneciam indecisos durante algum tempo. Por um lado, a rigidez de uma coreografia de abastada nobreza que até aí servira de paradigma por lhes ter estado inacessível no lugar de onde vinham. Por outro, o desconforto de sentirem quanto ela lhes tolheria agora os movimentos, numa altura em que podiam finalmente fingir ser desse mundo nobre. Debatiam-se, construindo argumentos só para si como uma frágil muralha onde todos os dias se iam abrindo pequenas brechas. A moral, outrora tão imensa que parecera universal, era agora exígua neste novo e amplo espaço, quase infinito. A justiça deixava de ser cega, ganhava argutos olhos e movediças fundações. Até a estética se deixava enredar nos labirínticos caminhos da novidade, desprezando conquistas pacientemente realizadas e reconhecidas para se maravilhar pelo estranho, pelo diferente.

Por fim, enquanto uns acabavam simplesmente por desistir de todas as justificações, a outros sobrava-lhes apenas, do rigor antigo, o severo critério com que julgavam os seus pares e dentro do qual já não se conseguiam rever. Viviam, por isso, duas vidas, como se duas naturezas coabitassem num corpo só: uma ainda embaraçada, a outra já voraz, insaciável. A vida antiga e almejada feita de protocolos, visitas e convenções, e esta nova, maldita e incontornável, feita de ferozes apetites e vermelhas urgências, fruto de uma degenerescência sem retorno.

Valdez e os poucos amigos de posição faziam parte deste pequeno mundo. Juntavam-se em grupinhos nas varandas ou à sombra espessa das mangueiras, bebendo álcool, comentando o preço do sisal, olhando para quem passava. Riam muito se era um velho negro trapalhão, dando-lhe sobras dos copos e das garrafas só para o ver atrapalhar-se ainda mais. Chamavam, para conferir, se era um jovem forte em idade de trabalhar (porventura andaria fugido ao patrão a quem era preciso avisar). Cochichavam, lúbricos, se era uma rapariga bonita meneando as ancas naquilo que era ali um universal jeito de andar, noutros locais uma promissora malícia. Cercavam-na, pedindo emprestada a capulana que lhe enrolava o corpo porque tinham frio, diziam, fazendo perguntas de duplo e rasteiro sentido a que ela respondia de olhos postos no chão, mais como um sinal de respeito que lhe haviam ensinado a mostrar aos brancos do que por uma vergonha que nunca lhe haviam explicado em que consistia, e que portanto ela tardava em conhecer.

Baixavam a voz para que não saíssem dali segredos que eram só deles, ou para esmiuçar um pormenor da vida de um companheiro ausente. E se alguém deixava a roda, cedo o tornavam motivo das suas chacotas. Por isso resistiam em grupo até tarde, ninguém ousando virar as costas e assim se expor.

Tal como o padre Jacinto, supremo guardião da moral, pregava regras e normas por brio profissional mas não se coibia das regulares escapadelas noturnas em busca de meninas da terra, também o Dr. Valdez perorava sobre os malefícios do colesterol não dispensando por isso o gordo e amarelo pacote de manteiga com o qual começava o dia e que o fez partir sem certidão de óbito, uma vez que era o único médico da vila e de toda a região, não tendo ficado ninguém depois dele para a passar.

– Por hoje está resolvido – concluiu Sá Caetana tapando a irmã com o lençol, dando um jeito ao quarto desarrumado para apagar os traços da crise que de alguma maneira a envergonhavam.

– E amanhã? Amanhã a patroinha vai querer saber quando chega esse doutor – disse Vicente, intranquilizando a patroa. – Ela lembra-se sempre daquilo que lhe faz falta.

Vicente conhece bem Sá Amélia, a quem chama patroinha talvez pelos modos infantis da senhora. Conhece-a melhor que ninguém, de passar as tardes contando-lhe histórias tal como Nastácia as contava quando ela era pequena. E quem atravessa a vida ouvindo histórias está sempre disposto a acreditar. Sabe, além disso, que Sá Amélia se arranja todos os dias com cuidado, não vá uma visita inesperada apanhá-la descomposta. Custa-lhe vê-la ao fim da tarde, quando ela invariavelmente conclui que já não virá ninguém e se deixa apagar numa grande decepção. Sabe que por detrás da loucura da doença e da idade ela é capaz de usar da lembrança para cobrar o que lhe devem com a mesma facilidade com que recorre ao esquecimento para se isentar de responsabilidades.

— Tens razão, rapaz — disse Sá Caetana, apreensiva. — E que faremos?

Vicente encarou a patroa com um ar sorrateiro, embora também algo inseguro. Já pensou na solução, só não sabe é como ela será recebida.

— Amanhã serei eu o Dr. Valdez! — disse, após curta pausa, esforçando um ar inocente. Como se a proposta lhe tivesse saído espontânea.

Sá Caetana surpreendeu-se. Depois relutou. Como pode um jovem fazer de adulto? Como pode um criado fazer de doutor? Como pode, até, um preto fazer de branco?

— Não iria funcionar, rapaz — acabou por dizer. — E até pode ser que ela se enfureça com a brincadeira.

Vicente ouviu, calado. Pensara já nesse risco enquanto arquitetava o plano. Pesara-o contra o outro, que lhe parecia ainda maior.

— A patroinha ficará zangada é se o doutor não chegar. O resto nós não sabemos.

— Tens razão, rapaz — foi forçada Sá Caetana a concluir.

Na indisponibilidade do verdadeiro Dr. Valdez não parecia haver outro recurso a não ser esta farsa proposta por ela em momento de irreflexão, e que Vicente parecia querer concretizar.

Sá Caetana acabou assim por aceitar. E Vicente saiu assobiando para o átrio das traseiras.

* * *

Tal como o seu pai, e antes deste o avô, também Cosme Paulino foi um criado competente. Mas esta predisposição natural ainda não chegava: foi preciso que cada um deles tivesse aprendido a sua arte, encaixando-a na arte dos respectivos patrões.

O avô, do qual se perdeu o nome, além de criado do pai de Ana Bessa foi também seu marinheiro. Teve que sê-lo porque o patrão tinha um barco e navegava com ele de noite, o que obrigava ambos a redobradas atenção e competência nas artes de mareagem. Com base num acampamento montado na Ponta Pabula, mesmo em cima da praia, dedicava-se o patrão ao lucrativo negócio dos transportes noturnos com a ajuda do criado. De dia era aquele *dhow* um barquinho inocente de vela descaída, o casco tombado de lado, tomando sol na areia dourada da praia. De noite enfunava-se a vela, que era negra para melhor se perder na escuridão. Transportavam então os dois o que viesse, e para onde desse, que o pai de Ana Bessa não escolhia clientes por já ter escolhido antes aquilo que era do seu interesse. Fazia do lucro a sua moral. Levou armas para o Sul no tempo em que o Farelahi combatia os portugueses e andava delas muito precisado. O *dhow* era então como uma faca cujo gume cortava o mar de azeite, tão juntinho à costa que o seu comprido mastro roçava as copas dos coqueiros debruçados sobre a água. E o único som que fazia era um gargarejar do panejamento batendo solto porque ao vento ninguém consegue calar. Calados iam, nessas alturas, o avô de Cosme Paulino ao leme mais o patrão à proa, muito atentos, prontos para o que viesse a acontecer. E as aldeias de pescadores, junto à praia, aterrorizavam-se com a passagem daquele vulto que mais parecia um espírito maligno, o casco untado com um *imbeo*, o remédio da invisibilidade. Passando-lhes tão perto, à frente dos olhos, mas tão veloz que custava a acreditar que tivesse mesmo passado. Eram os dois homens na labuta, fazendo a entrega enquanto os portugueses dormiam.

 Outras vezes andavam mais a norte, serpenteando por entre as ilhas Querimbas à procura de encomendas. À ida levavam dúzias de prisioneiros, antigo povo ruidoso e colorido, agora atônito e cabisbaixo, mergulhado no silêncio. Juntos como gado no fundo da barriga do *dhow*, deixando-se digerir aos poucos por esse sinistro animal. No regresso traziam fardos de panos de todas as cores, todos eles bastante apreciados afora o senão do fedor, que obrigava a que fossem lavados várias vezes antes de poderem ser usados. Fediam ao suor apavorado dos cativos, que se acumulara já no bojo do barco com a repetição destas idas e vindas. Como um indelével ferrete, assinalava esse fedor, que a todos se apegava, a culpa de serem contemporâneos de tão tamanha tragédia.

Antes de desaparecer num desses negócios nocturnos que, portanto, não chegou a concluir-se, teve ainda tempo o traficante de achar uma daquelas mulheres que desde sempre passam o dia na praia atrás de amêijoas, e de na barriga dela depositar a semente da futura Ana Bessa. Sempre fiel ao patrão, fazendo como ele fazia, e antes de desaparecer com ele no meio das águas do Índico, deixou também o avô de Paulino, e bisavô de Vicente, um filho seu para que a relação entre os dois, patrão e criado, pudesse ter continuidade para além daquele definitivo percalço.

Nasceu a menina junto de cestas de amêijoas, cheirando ao cheiro do mar, e só não teve o destino que normalmente têm os filhos destas mulheres porque o pai lhe deixou casa e terras, tudo isso amealhado com os proventos dos seus obscuros negócios ao longo do tempo em que eles duraram.

Ana Bessa cresceu com o menino filho do marinheiro, pouco sabendo de seu pai. Os portugueses iam já tomando conta da terra e o velho traficante era um espinho descravado do qual não era bom nem lembrar. Herdou ela, porém, a altivez do pai, tão contrária à natureza da mãe, que passara a vida inclinada para o chão, catando amêijoas. Enquanto isso o menino herdava também a maneira de servir de seu pai.

Casaram-se os dois quase na mesma altura. Ana Bessa com um despachante encartado indiano, o menino com uma mulher do povo. Os dois tiveram filhos. Ana Bessa um Francisco, que morreu quase no berço, de uma injecção estragada, e logo a seguir uma Amélia — Maméia enquanto criança —, a tal que casaria mais tarde com o major Ernestino Ferreira. O criado, por seu turno, teve um rapazinho que Ana Bessa quis que fosse seu *mbwana* e achou ter cara de Cosme, e por isso Cosme ficou.

Enquanto o criado servia Ana Bessa, o seu filho Cosme Paulino servia já uma Amélia ainda Maméia, sempre atento, na sua preocupação infantil, a que a menina não se afastasse de casa, não caísse, não chorasse. Não era trabalho que requeresse grande competência, mas de qualquer forma era um bom começo, até pela responsabilidade que envolvia.

O tempo foi passando. Ana Bessa enviuvou cedo e ficou duas vezes mais rica, juntando aquilo que já tinha ao que o pai de Maméia lhe deixou. Ficando só, preparava-se para receber Wolf, o alemão viajante que chegaria pouco depois aos seus braços e ao seu coração. Consumada mais esta passagem, dela resultou Caetana, a sua segunda filha, numa altura em que todos acabavam de entrar no século novo. Cosme Paulino tomou-lhe conta desta como tomara de Maméia, desenvolvendo uma segunda consciência sempre tão atenta e preocupada quanto a primeira.

As duas meninas foram crescendo e deixou de ficar bem terem um criado rapaz, quase homem, de forma que Cosme Paulino, que já dera provas da sua dedicação lá fora, passou a criado de dentro. E foi no trabalho da casa que aguçou o novo instinto, tomando conta da sala. Era esta, nessa altura, um mundo de penumbras suaves onde a luz chegava em grãos já finos, retalhada pelas redes mosquiteiras. Para trás, filtrados pelo anel quadrado da varanda, ficavam os sons exteriores, canções de trabalho no pátio, ordens secas dos patrões, o ladrar dos cães, o monótono compasso do pilão moendo incansável os cereais. Lá dentro chegava apenas o som da chuva quando esta caía em cordões grossos, verticais, mas era ele tão igual e homogêneo que acabava por não passar de um silêncio. O chão era vermelho e brilhante como um espelho. Sobre ele assentavam, meticulosamente alinhadas, ráfias e vergas entretecidas, vetustas madeiras de pau-preto escavadas e torneadas por escultores anônimos desaparecidos no tempo. Cosme Paulino pisava esse chão com os seus pés descalços sem produzir qualquer som. Mais ruído vinha da sua sombra lambendo as paredes de reboco grosso, agitando o ar, que dos pés largos que pisavam. Para ele era aquela sala um vasto santuário, aquelas disposições enigmáticos caprichos de patroa cujo segredo ele não detinha, mas conhecia até ao mais ínfimo detalhe. Envelhecia Cosme Paulino dentro daquela sala à medida que também ela ia envelhecendo. Em silêncio e trabalhando.

Quando Caetana se casou, Ana Bessa ofereceu-lhe o velho criado de presente, para além do coqueiral que tinha no Mucojo. Com a fuga do alemão, desinteressara-se ela da sala uma vez que passava os dias na varanda olhando o mar, e os cuidados da limpeza deixavam de ser tão relevantes. Cosme Paulino partiu então sem mudar de casa, passando a obedecer às ordens de *njungo* Araújo, marido de Sá Caetana, da mesma maneira que obedecera à sogra dele. Voltando ao trabalho de fora.

Acabou até por ser, para o criado, um segundo recomeço. Araújo, que já notara o esmero com que ele cuidava da casa da sogra, nomeou-o encarregado do pátio, controlador das entradas e saídas dos mantimentos, supervisor das criadas, selecionador da mão de obra, marinheiro-chefe do barco que fazia as idas e vindas entre o Mucojo e o Ibo, neste particular herdando ele a inclinação que já mostrara o seu avô quando servia o traficante.

Cosme Paulino correspondeu à confiança cumprindo com tudo o que lhe era ordenado, dando até sugestões pertinentes sobre pequenas coisas que escapavam à atenção do patrão. Na segurança deste contexto foi tendo um filho atrás do outro. Vicente encabeçava a prole.

* * *

Ao anoitecer, quando larga o serviço, desmembra-se o jovem criado das suas duas patroas para passar a ser um instrumento de si próprio. Mas falta-lhe ainda aprender a viver nesta nova situação. No campo, lá no Mucojo, cresceu em redor da casa da Senhora Grande, no terreiro, brincando com outros meninos enquanto não teve idade para que reparassem nele. Fazia parte dessa mancha escura, alegre e ruidosa que cirandava pelo desarrumado pátio juntamente com cabritos e galinhas. Depois, aos poucos foi perdendo em gargalhadas o que ganhou em compenetração, os saltos que dava esmorecendo, assumindo o corpo a postura mais curvada do respeito. Observava como o pai servia pois chegaria um dia a sua vez. Cosme Paulino notava esse percurso atravessando o tempo e sorria intimamente, satisfeito e orgulhoso do seu fruto.

Mais tarde fez Vicente pequenos recados e finalmente, um dia, ascendeu a criado de pleno direito. Um criado sempre disponível, sempre ao serviço, e, portanto, sempre acompanhado, quase nunca só.

Com a viagem para a Beira, tudo mudou. Esse grande mundo protetor desabou e vai-se instalando no seu lugar um outro, mais pequeno, feito de fragmentos mal ligados, de pequenos sentidos separados entre si por um grande vazio. Ao anoitecer, quando começam a acender-se as luzes amarelas e tristes do prédio e da cidade, Sá Amélia de banho tomado, as duas senhoras jantadas, Vicente despede-se até à manhã seguinte. Sai meio perdido para o pátio cimentado das traseiras, sem saber bem o que fazer para preencher aquelas horas. Salva-o o rádio, quando há pilhas, como hoje. O rádio por onde chegam num zumbido infernal que atravessa a África inteira, subindo e descendo montanhas, perfurando florestas e atravessando rios, as notícias do além. O Barreirense sustendo o ímpeto contrário até poder, durante toda a primeira parte. Mas na segunda entra Torres, reforçando imensamente a ofensiva benfiquista que surge fulgurante à entrada da área criando muito perigo, sobretudo com algumas jogadas verdadeiramente desconcertantes de Simões, e com Matine evidenciando-se mais uma vez com os seus passes inteligentíssimos a alimentar os companheiros da frente. E eis que aos sessenta e quatro minutos, por entre os silvos agudos das ondas curtas, por entre os silvos agudos de uma longa e longínqua multidão que

Vicente desconhece, e por entre o seu próprio e solitário silvo agudo, surge o primeiro gol, de Artur Jorge, como corolário do poderio atacante do Benfica. Serra batido e impotente, Bento no chão, desalentado, vendo a bola anichar-se lentamente no fundo das redes. O segundo gol vem pouco depois, quase naturalmente, num remate potentíssimo de Jaime Graça, e após um preocupante silêncio que ficou por esclarecer se ficou devido à interposição de uma nuvem distante, se a um momentâneo fraquejo das pilhas. E o terceiro acontece já ao cair do pano, quando Eusébio, surpreendendo tudo e todos, encheu o pé para proporcionar uma obra de arte numa altura em que parecia que os encarnados se contentavam já com o resultado. Dois negros moçambicanos a desequilibrar a contenda, a crise do Benfica parecendo já debelada.

Vicente fecha o rádio, satisfeito, mas algo inseguro, pensando noutra crise ainda por debelar.

2

A campainha tocou. Sá Caetana foi atender com uma ligeira excitação, quase presa ao enredo que ela própria ajudou a criar. Também porque são raríssimas as vezes em que alguém lhe bate à porta: a vendedeira de amêijoas, o empregado da mercearia e pouco mais.

— Boas tardes, senhora dona Caetana.
— Ah! Dr. Valdez, que surpresa! — respondeu ela com uma entoação estudada, falando alto lá para dentro, para que também Sá Amélia pudesse ouvir.

No umbral estava um Dr. Valdez muito mais baixo e magro, apesar dos conhecidos calções de sarja, das meias altas de sempre. Tufos de algodão colados à face faziam as vezes de uma farta barba, uns fofos bigodes, contrastando vivamente com o negro azeviche da pele e do cabelo crespo de Vicente, cortado rente.

Sá Caetana sorriu divertida, como há muito Vicente não a via sorrir:

— Ela não vai acreditar. Pareces um palhaço, rapaz — disse em voz baixa.

Vicente não respondeu, compenetrado no seu papel de doutor. Levou horas a transformar-se naquele fantasma do passado em frente ao pequeno espelho da parede do seu exíguo quarto, enevoado pelas manchas amarelas e negras da umidade e da pobreza. Horas em que foi construindo um doutor que era o velho doutor que ele via passar quando criança, caminhando pelas ruas do Ibo imponente e altivo como um navio que sulcasse as águas na distante linha do horizonte. E era também uma figura alimentada pelas imagens todas juntas de todos os brancos que Vicente foi vendo passar ao longo da vida, sempre ligeiramente irritadiços e carrancudos ou rindo desabridamente quando o faziam, sempre muito imprevisíveis, vagamente ameaçadores. Sempre, também, figuras que despertavam uma certa e inexplicável hilaridade.

Tanto tempo levou a preparar-se porque também por dentro se quis transformar. Como pensa um branco? Como sente um branco? Como age um homem branco? Já mascarado, passeou-se na escuridão do quarto para lá e para cá, procurando entrar na pele do Dr. Valdez. Será que ele gostou de Sá Amélia, aquele gostar de casar mesmo? Ou será que foi apenas um gostar de doutor atento aos seus pacientes? Ou, ainda, um simples gostar de visita gulosa dos rebuçados de gergelim da irmã, que a senhora nunca deixava de ter dentro de um boião de vidro, em cima da mesa da sala? E se foi um gostar de casar, que artifício poderá fazer regressar esse velho calor esfriado pelo tempo agora que o corpo de Sá Amélia se desorganizou tanto quanto a sua cabeça? Ah, e Vicente sabe bem quanto os dois se desorganizaram!

Experimentou as várias possibilidades do sentir e do mostrar de um doutor verossímil na escuridão do seu quarto, com os modestos recursos que tinha. Piscar muito os olhos porque dá a ideia de que se sabe o que se diz. Tossir ligeiramente depois de o dizer, porque assim fica sublinhado o conteúdo. Espetar o dedo indicador como o faz quem sabe o que diz. Ah, e espalhar pausas pelo meio das frases para mostrar que estas só são ditas depois de alguma reflexão, que quando se fala é realmente para dizer alguma coisa.

A complexidade era grande. Vicente experimentou, falou sozinho, voltou atrás para tentar novamente quando não gostou. Mas agora, finalmente, acha-se pronto para apresentar a sua obra e está ali no umbral disposto a submeter-se ao olhar crítico da patroa. E sobretudo da sua irmã doente.

– Caetana, quem está à porta? – era a curiosidade de Sá Amélia dobrando a esquina do corredor.

– É surpresa, Maméia – respondeu-lhe a irmã, tratando-a pelo nome de infância, preparando aquele recuo no tempo que vai seguir-se se Sá Amélia colaborar.

Estão as duas senhoras muito compostas. Sá Caetana, por brincadeira, até vestiu a saia cinzenta de sair.

Vicente avançou muito direito, com ar pomposo e passadas largas como lhe parece que fazem sempre os homens brancos com estatuto. Entrou na sala e estacou a meio com uma leve pirueta, expondo-se por um bocado para que ambas pudessem admirar a sua obra.

— Dr. Valdez, meu amigo! — gritou Sá Amélia em grande agitação, levando as mãos à boca, transbordando de felicidade.

— Sá Amélia! Há quanto tempo! — retorquiu Vicente com um timbre estudado, tão grave e soando falso que Sá Caetana, escondida ainda no corredor, mal pôde conter o riso.

— Caetana, vem ver! É mesmo o Dr. Valdez!

Vá-se lá saber que razões misteriosas nos sustentam as crenças, lhes conferem a solidez definitiva que elas parecem ter. Quantas verdades evidentes passam por nós todos os dias sem nos convencerem, ao revelar-se não conseguindo mais que despertar indecisa dúvida, sobranceiro desdém ou mesmo frontal recusa? E, por outro lado, quantas mentiras nos afadigamos a reciclar, dando-lhes novas oportunidades, fazendo-nos cegos a certos detalhes e valorizando outros, cortando, alinhavando e cosendo uma roupagem de frágeis verossimilhanças que cubra aquela nudez crua que de outro modo nos ofenderia? Talvez, pois, que a verdade e a mentira não venham agarradas às coisas e aos fatos, talvez não passem de inertes contas que diligentemente enfiamos no rosário das nossas conveniências.

Fosse como fosse, Sá Caetana e Vicente admiraram-se com o resultado. Esperavam que a velha senhora desse logo pelo logro e mandasse Vicente de volta a tirar aqueles ridículos calções e o algodão que tinha colado à cara. E que depois amuasse a tarde inteira por terem tentado ludibriá-la. Pelo contrário, Sá Amélia mal conseguia represar o seu contentamento, chegando mesmo essa agitação a preocupar a irmã, não fosse ela provocar-lhe alguma síncope.

Desde cedo que Sá Amélia se afadigava, preparando-se para a anunciada visita. Começara pelo banho, cerimônia complicada e semanal com a qual Sá Caetana sempre se preocupa, em nome não só da higiene, mas sobretudo da moral e da decência. Desnecessariamente, porque Vicente tem sempre a cabeça noutro lugar.

Prepara o jovem criado a banheira enchendo-a de água quente e fria que agita cuidadosamente com as duas mãos para que fique bem misturada, certificando-se por fim de que a temperatura seja a ideal. Sá Amélia, talvez pela insensibilidade dos seus membros, não se importa que a água esteja fria. Até protesta se nota que está quente, mais pelos fumos que dela emanam, que a assustam. A irmã, por seu turno, zanga-se sempre que lhe parece estar a água demasiado fria, não vá Amélia constipar-se e adoecer.

Uma vez pronto o banho, Vicente conduz a cadeira de rodas com a velha senhora até à banheira. Depois, demoradamente, começa a despi-la. A operação é complicada pelos inúmeros protestos de Sá Amélia, que obrigam a interrompê-la a cada passo e a levar a cabo intermináveis negociações para que possa ser retomada. As roupas vão saindo por cima, pela cabeça, e é para facilitar o processo que ela usa normalmente blusas largas com grandes botões. Fica por fim de calções, uma imensa fralda branca imposta e improvisada pela irmã. Esforço desnecessário, como se disse, pois Vicente realiza este trabalho como realiza muitos outros: com a cabeça noutro lugar e uma limpa intenção.

Chegados aí, Vicente levanta em braços a patroa doente e pousa-a na banheira com todo o cuidado, sempre sob a atenta vigilância de Sá Caetana. Depois, pega numa esponja grossa, mergulha-a na água e começa a passá-la pelas costas da velha senhora; primeiro levemente, quase com ternura, depois com mais vigor.

– Mais força! – ordena ela, agradada.

Vicente faz-lhe a vontade, até porque foi essa a indicação do médico: "Quanto mais for massageada, melhor para a circulação". Ao mesmo tempo, para a manter colaborante, desafia Sá Amélia com uma velha canção.

— *Tambalalu tambalalu?* — pergunta.
— *Ié ié ié ié* — responde ela, prontamente.
— *Tambalalu tambalalu?*
— *Ié ié ié ié.*

E prosseguem os dois, em voz alta:

Tambu, tambulani
Tambu tambu
Tambulani tambu
Kingonhago
Kingonhago hi mwanga mwizi
Peto kariwe
Karibu wawa
Peto kariwe
Karibu wawa
Na senda kandamui.

Embalado pela cantilena, Vicente recua até à sua infância, as crianças em círculo com as mãos espalmadas na frente, uma delas dirigindo o jogo e perguntando (*Tambalalu tambalalu?*), elas respondendo em coro (*ié ié ié ié*). Depois, contando os dedinhos de todas (*tambu, tambulani*) para ver a quem calha sair da roda. Vicente distrai-se neste jogo e, numa passagem mais desastrada, faz com que a água salpique para os olhos da velha senhora. Esta cala-se, irritada, e agita os braços procurando bater no criado, mas não conseguindo mais que chapinhar a água, entornando parte dela pelo chão da casa de banho. Vicente ri-se, esquivando-se, fugindo facilmente àquela desajeitada tentativa de agressão enquanto procura recomeçar, desta vez com mais cuidado.

É assim esta ligação entre Vicente e Sá Amélia, feita de irritações da segunda e infinitas paciências do primeiro. Vicente não precisa de fingir o que não sente. Não precisa de lembrar-se das últimas palavras do pai dizendo-lhe que cuidasse da velha senhora doente, nem que lhe ocorra a ordem de Sá Caetana para que esteja atento à irmã. "Tão patroa quanto eu", diz-lhe, para reforçar. Simplesmente gosta de Sá Amélia, sabe que ela não tem dois pensamentos quando fala ou quando ofende, mas um só, que não precisa de ser explicado ou entendido, que quase sempre cai bem.

* * *

Por vezes Ana Bessa acedia, saindo das suas misteriosas indagações ao oceano para deixar que as crianças fossem tomar banho à praia. Desciam então a escada as três em correria — Maméia e Caetaninha na frente, Nastácia atrás — e percorriam o extenso e liso areal que a maré vazia desnudava aos saltos e piruetas, a criada tão alegre e solta quanto as duas pequenas patroas. No cimo do muro alto, fumando um cigarro de palha de milho às escondidas, acocorava-se Cosme Paulino atento ao movimento. Abrigava-se na sombra escura das pedras para não ser visto da varanda, levantando-se contudo a espaços para que a patroa pudesse confirmar que estava no seu posto. Desenvolvera a arte sutil de se esconder e deixar ver, em simultâneo. Precaução desnecessária nos dois casos, todavia, pois lá de cima o olhar que Ana Bessa lançava, longo e vago como a luz de um farol varrendo o horizonte, desinteressava-se de pormenores como aquele minúsculo rolo de fumo subindo encaracolado por detrás do muro alto, ou os vultos das crianças e da criada, três pequenos pontos negros contrastando com o azul da onda mansa.

Maméia, mais velha que a irmã, nadava melhor. De modo que se afastava sempre um pouco, ondulando à flor do mar, surda aos apelos repetidos, quase queixumes, de Nastácia. "Maméia, olha que a mamã zanga", dizia ela ficando para trás, não só por não conseguir acompanhá-la, mas também para manter Caetaninha ao seu alcance.

Nesse dia aconteceu como sempre. A mesma fuga confiante de Maméia, Nastácia preocupada sem saber como dividir-se. Mais atrás uma pequena Caetana furiosa, chapinhando desajeitadamente, ameaçando a irmã feia talvez porque na água esta fosse por uma vez bela como uma sereia. "Fica aqui perto se não conto à mãe!", dizia Caetaninha, debatendo-se como uma pequenina lancha ronceira metendo água. E a sereia ria-se das ameaças, redobrando a graciosidade e o atrevimento das suas evoluções aquáticas. Naqueles momentos únicos Maméia deixava de ser a irmã órfã e paciente, não era lenta nem perplexa. Transformava-se numa sereia surda aos apelos que lhe lançavam, encerrada no gozo de um grande prazer.

Foi então que Caetaninha usou de um último recurso, lançando um "Deus queira que te afogues!" resmungado só para dentro, de cenho franzido, talvez porque a água lhe entrasse nos olhos, talvez para incutir intensidade e eficácia ao seu desejo. E nessa mesmíssima altura Maméia sentiu que perdia as forças e deixava de ser sereia para ser o que era outra vez. Queria voltar para trás, para junto de Nastácia, cujos repetidos apelos já mal ouvia. Nastácia debatia-se ela própria, abrindo e fechando a boca, expelindo ainda apelos e avisos que eram já silêncios para a outra, calados pela distância. Maméia também abria e fechava a boca: quando a abria entrava água salgada, quando a fechava engolia pedidos já molhados de socorro, arrependimentos inundados.

"Deus queira que te afogues!"

Caetaninha, mais atrás, procurava agora retirar o pedido, mas era tarde. Por vezes parecia que Maméia ia conseguir, as desesperadas braçadas dando a impressão de surtir o efeito desejado. Mas logo a onda recuava, levando-a consigo e deixando-a mais longe. Aos poucos, no decorrer deste jogo, foi Maméia perdendo a noção do seu lugar, tranquilizando-se. Não sabia se lutava ainda por regressar se, pelo contrário, se deixava ir por uma ladeira comprida, muito salgada e muito branca. Dividia-se entre Nastácia, que deixara para trás, e uma curiosidade crescente de verificar se ainda ali estava o capitão que desceu com a escuna para o fundo azul do mar. Queria ver como se cavalgam tartarugas e anêmonas gigantes.

Foi nessa altura, na véspera imediata de consumar-se a tragédia, que uma mão forte a agarrou pelos cabelos, puxando-a para cima e abrindo uma imensa janela por onde ela pudesse voltar a respirar.

Depois, tudo se precipitou: Ana Bessa chegando agitada ao princípio da água após ter corrido velozmente pelo areal da praia; Cosme Paulino, trêmulo e culpado, chegando também do muro alto, no hálito uma mistura de medo e de cigarro; Nastácia, as crianças e o pescador também ali, vindos da água. Como se tivessem todos um encontro aprazado no local para discutir o que acontecera.

– É preciso cuidado, patroa – disse o pescador, dirigindo-se a Ana Bessa. – O mar é perigoso até para nós, quanto mais para as crianças. Aquela onda quase nos roubava a menina.

Sorte foi ele estar na praia olhando as mazelas no casco da sua canoa, preguiçando, tomando banhos de areia e sol que o compensassem de tantos banhos de mar. E que ao levantar a cabeça tivesse posto os olhos na menina que já se ia embora com a onda, tudo acontecendo depois com a rapidez necessária que impedisse um mau desfecho.

Por momentos pareceu Ana Bessa indecisa quanto à atitude a tomar, como que pesando o papel de cada um no incidente. Depois, virou-se subitamente e deu uma violenta bofetada em Cosme Paulino, obrigando-o a recuar alguns passos, cambaleante e temeroso.

– Falaremos mais tarde, rapaz. Vou ensinar-te a ter mais cuidado, a estar mais atento. Contigo, rapariga – disse, virando-se para Nastácia –, contigo também ajustarei contas depois.

Nastácia gemia baixinho, em parte devido ao susto, em parte porque imaginava o que iria passar-se quando regressassem à Casa Grande.

Finalmente, a senhora pediu ao pescador-salvador que a acompanhasse para receber a devida recompensa.

Subiram todos o areal de regresso à casa, muito mais lentos desta vez do que quando ali chegaram. Na frente, Ana Bessa sem sequer olhar para trás; em seguida, o pescador-salvador com Maméia tremendo de frio nos seus braços fortes; Cosme Paulino, ainda jovem como será mais tarde o seu filho Vicente, tremendo de medo; Nastácia gemendo baixinho. A fechar o cortejo, uma Caetaninha envergonhada por um crime que a mãe deixou ficar impune, abalada por este seu primeiro encontro com o Deus das alturas. Encontro terrível, que lhe revelou o poder que podem ter as palavras. E que a deixou sem poder culpar ninguém a não ser a sua própria impaciência.

* * *

— Basta! — cortou Sá Caetana de mau humor. Estas sessões semanais de exposição da irmã na água deixam sempre nela um vago sobressalto, um difuso agastamento com raízes na moral e na memória de um quase afogamento. — Despacha-te com isso, rapaz; não quero ficar aqui toda a manhã.

Vicente sabe que é chegado o momento de se retirar. A lavagem mais íntima será então levada a cabo por Sá Caetana, enquanto o criado aguarda pacientemente lá fora até que volte a ser chamado para tirar a patroa doente da banheira e ajudar a secá-la e a vesti-la.

Nesse dia, findo o banho, Sá Amélia trocou os brincos de todos os dias por outros novos e por um colar espampanante, retirados ambos da pequena lata que já foi de bolachas inglesas, que guarda debaixo da cama. Joias que conheceram os jantares solenes do mato com chefes de posto rindo alto e cheirando ao vinho da metrópole, candeeiros a petróleo com os seus fumos acres, criados escuros de tez brilhante e barretes encarnados circulando tensos com tabuleiros nas mãos; joias que tornaram a ser arejadas nos tempos curtos mas áureos da casa do major Ernestino Ferreira, no Ibo; e que hoje voltarão a ter préstimo, embora mais modesto, o de acolher um criado disfarçado de doutor. Penteou várias vezes o seu cabelo cinzento e ralo, enfim, esborratou os lábios grossos com um batom carmim, exagerado. ("Assim não fica bem, Maméia", ainda lhe disse Sá Caetana sem conseguir demovê-la.) Depois, já pronta e mastigando uma grande ansiedade, esperou que o ilustre visitante chegasse.

– Sente-se aqui ao pé de mim, doutor – disse ela dando palmadinhas no sofá a seu lado, chocalhando as grossas pulseiras. Quando se excita mexe muito os braços, talvez para compensar a imobilidade tristemente definitiva das pernas. – E diga-me, por que é que não tem vindo por cá? Já não gosta da sua velha amiga?

Vicente acercou-se, obedecendo como sempre. Mas é já esta a diferente obediência do visitante obrigado às leis da cortesia, não a velha obediência do criado. Senta-se pela primeira vez naquele sofá que conhece tão bem por tantas vezes lhe ter sacudido o pó. Sentar-se ali tem um gosto especial que ele não sabe ainda definir, não só por ser mais macio para o rabo do que a esteira onde se senta a ouvir futebol português e *simangemange* nas tardes de domingo, ou a lata de petróleo que lhe serve de assento ao jantar. Sentar-se ali no sofá é gozar uma promiscuidade nova com um mundo que tão bem conhece, mas que até agora lhe estava vedado.

– Sabe como é, Sá Amélia. Há sempre tanta coisa para fazer, tantos doentes para visitar que acaba por me faltar tempo para os amigos. – E, ganhando confiança: – Diga-me, como vão as coisas aqui na casa nova? Gosta da cidade?

Sá Amélia não lhe pode responder com certeza porque mal sai do meio daquelas quatro paredes: para o médico, para a igreja quando a irmã decide levá-la (Deus perdoa-lhe as vezes que não vai, dada a sua condição), e pouco mais. Não gosta de andar de carro, faz-lhe medo, dá-lhe tonturas. Parece que são as coisas que andam e não nós. E o que desfila, na pequenina janela atrás da qual vai mal instalada, são casas umas a seguir às outras sem nenhum bocado de terra pelo meio. Não se vê um coqueiro. "Imagine o doutor que não se faz aqui agricultura.". O médico onde a levam é um garoto, nada parecido com o próprio Valdez dos bons velhos tempos ("Tem que voltar a tomar conta de mim, ai isso é que tem!"). Farta-se de falar, o tal garoto que se diz médico, mas o certo é que as suas pobres pernas continuam uma lástima, além de que se esquece agora de metade das coisas de que se deveria lembrar.

– Do pouco que vi não gostei – concluiu ela com convicção.
– Nem da cidade, nem do médico, nem de nada!

O Dr. Valdez acena com a cabeça, com ar de quem entendeu.

– Compreendo... – É Valdez também com reservas em relação à cidade, que conhece pelos olhos de Vicente. Refere-se até ao novo médico com alguma ironia, deixando no ar um desdém competitivo.

Sá Caetana, ainda de pé à entrada da sala, surpreende-se com o que ouve. Com a segurança de Vicente que olha para tudo e para elas com um ar empinado a roçar a sobrancería, nos gestos largos, nos modos exagerados. Olhos piscando muito, boca cerrada, nariz levantado, cofiando mesmo os bigodes de algodão. Nada parecido com o finado Dr. Valdez, e não podia ser de outra maneira dado que Vicente mal o conheceu. O que dele tinha à partida, para copiar, era uma vaga e fantasiada memória de criança e a descrição que ela própria lhe fizera na véspera, quando discutiam a preparação da visita.

Pensando nisso, Sá Caetana pergunta-se: "Meu Deus! Será que é assim que eu guardo Valdez na lembrança sem o saber? Ou será que é assim que Vicente nos vê a nós, os brancos todos?"

Vê como ele se senta, cruzando a perna e deixando-a balançar livremente. Vê como se levanta e se chega à janela, afastando ligeiramente o cortinado para espreitar o quintalzinho de trás onde vivem, miseráveis, os criados. Vê como se vira para reocupar o lugar no sofá. Por um momento irrita-se com a quase insolência do rapaz, e quando se contém é para evitar desfazer logo ali a encenação.

Tão surpreendente quanto a atitude de Vicente é a ingenuidade da irmã. Tanta é a vontade de acreditar, de ver no rapaz o velho Dr. Valdez, que Sá Amélia ostenta aquele ar apatetado sem que por ele perpasse a menor sombra de dúvida. Bebe os gestos doutorais, concentrada. Há muito que Sá Caetana não via na irmã esta disponibilidade para os outros, este sair da sua carapaça fechada para revisitar o passado sem que isso a faça sofrer, o que de algum modo atenua nela a sensação desagradável provocada pelo criado.

Ainda abanando incrédula a cabeça, Sá Caetana pede licença para se retirar para o quarto. Antevê ao menos um bom par de horas tranquilas na sua costura sem a preocupação posta nos cuidados com a irmã. Não precisará de ter um olho nela, não será necessário intercalar a costura com a leitura daquelas crispações, com a interpretação do seu sofrimento.

— Há tanto para contar, meu caro amigo! — É Sá Amélia quem interrompe as divagações da irmã, lá da sala. — Passou tanto tempo, meu Deus!

— Estou pronto a ouvir, minha senhora — respondeu o Dr. Valdez, incutindo-lhe uma velha sensação de segurança há tanto tempo ausente. — Quero saber de tudo. Dos seus achaques, das suas marotices. Ainda chupa muitos rebuçados de gergelim às escondidas?

Sá Amélia suspende a resposta que quase ia dar.

— É que as paredes aqui têm ouvidos — disse, olhando com ostensiva suspeita para o corredor por onde desaparecera a irmã. — Nem imagina o que me têm feito passar, a Caetana e o rapaz.

— Qual rapaz? — perguntou o Dr. Valdez, divertido e intrigado.

— Um criado que trouxemos da terra e melhor seria que lá o tivéssemos deixado. Só nos tem dado problemas — respondeu Sá Amélia. — Eu lhe conto.

Antes, lá no Mucojo, o rapaz parecia obediente tal qual como o pai. Quase nem era preciso chamá-lo porque andava sempre de roda da patroa. Bastava dizer qualquer coisa que a resposta era um pronto "Sim, senhora". Sim, senhora para aqui, sim, senhora para ali, nunca discordava de nada. Foi por isso que o trouxeram para a cidade, porque sabiam das provações por que teriam de passar e confiavam no rapaz, pelo feitio que tinha e por lhe conhecerem bem o pai. Mas Sá Amélia não sabe se é da idade ("O moço está a entrar na idade difícil, sabe?", confidencia, como se soubesse do que fala), se das companhias com quem anda. O que é certo é que está a ficar muito diferente. Assobia pela casa como se estivesse em casa dele, "Diz a minha irmã, porque eu mal ouço, estes ouvidos já não prestam para nada". Sá Amélia não acha, contudo, que isso seja particularmente grave, até porque ela própria volta e meia dá por si a assobiar. Talvez o moço tenha saudades, talvez o moço sinta tristeza.

– Sabe, Dr. Valdez, que a tristeza nos pode dar para assobiar?

Valdez sabia.

Mas a irmã fica fula, acha que é falta de respeito e lá terá as suas razões. O pior, ainda, é que o rapaz não para em casa, é preciso estar sempre a chamá-lo. Sá Caetana já anda rouca de tanto chamar por ele.

Por um momento Vicente sente vontade de interromper o jogo, de se intrometer na pele do finado Valdez para responder àquela arbitrária injustiça. Como podes, patroinha, esquecer a dedicação quotidiana, as massagens nas costas que tão bem te sei dar durante o banho (expiando a culpa de meu pai que fumava no muro alto enquanto tu quase morrias, diria ele se soubesse), as histórias contadas, as canções cantadas, os rebuçados trazidos às escondidas do olho atento de Sá Caetana? Como podes?

Mas quem quase se indigna é o Dr. Valdez ele próprio, uma vez que o jovem criado, ainda que mascarado com umas barbas de algodão, é como sempre foi, inocente e destituído de rancor. Baixa os braços, suspende o argumento a meio e abana a cabeça com um sorriso. Só resta mesmo ao Dr. Valdez continuar a ser o doutor que sempre foi, pairando sobre injustiças que não lhe dizem respeito.

Sá Amélia parece adivinhar-lhe os pensamentos:

– Pensando bem talvez o senhor tenha razão, doutor. Talvez o rapaz não tenha culpa. O melhor é mesmo deixá-lo assobiar. Vou dizê-lo à minha irmã. Que mal faz?!
Valdez sorri, sentindo o calor do carinho que tem por ela voltar à superfície. Chega mesmo a pegar-lhe na mão encarquilhada e cheia de pulseiras para o demonstrar.
– Ai a minha cabeça! – desconversa Sá Amélia, ligeiramente ruborizada com a intimidade. – Nós para aqui entretidos e nem me lembrei de lhe servir um chá.
E virando-se para dentro:
– Vicente! Ó Vicente! (Eu não digo que este rapaz não presta?! Sempre pronto a escapulir-se!) Caetana! Ó Caetana!
Sá Caetana corre lá de dentro.
– Pronto! Não grites, Amélia, já aqui estou. E trago algo com que se ocuparem.
Nas mãos traz um tabuleiro com o chá e um pratinho de deliciosos rebuçados de gergelim torrado, cedendo neste ponto para conquistar mais uns momentos de tranquilidade. Obsequiosa de um modo um pouco exagerado, como que dizendo a Vicente que só o serve dentro do jogo, não fora dele, Sá Caetana estende à visita uma chávena de chá fumegante.
O Dr. Valdez recebe-a com ambas as mãos, mas afasta polidamente o açucareiro.
– Não quer açúcar no chá?
– Não obrigado, Sá Caetana. Prefiro o meu chá assim mesmo.
A Vicente repugna o açúcar desde que o seu pai deixou de tocar nele, há muito tempo atrás.

* * *

Quando o pátio era um local normalmente alegre e buliçoso, povoado de canções arrastadas, canções de trabalho dos criados salpicadas pelos raios do sol de verão. Por vezes rebentava, sem aviso prévio, poderosa tempestade. Assim mesmo, quando a quietude parecia inexpugnável. Foi o caso dessa vez em que Cosme Paulino foi apanhado na penumbra do armazém lambuzando-se no açúcar que escorria da saca através de um pequeno furo que ele próprio fizera com a ajuda de um prego. Minúscula cascata dourada que lhe entrava diretamente para a boca escancarada. Como ele próprio acabou mais tarde por explicar, a ideia fora tirar apenas um par de quilos, não mais, para ferver uma aguardente. Cosme era irresistivelmente chegado à bebida, que lhe permitia ver coisas que estavam vedadas ao comum dos mortais. Mas depois, a meio da operação, não resistiu àquele capricho de se sentir criança outra vez, uma pausa inexplicável, uma curta suspensão do ato, e sentou-se debaixo da saca com a boca aberta, deixando que o açúcar escorresse por ela adentro. Gesto breve, na sua ideia tornado invisível pela azáfama do pátio, que engolia as atenções. Deixou-se, portanto, ficar por ali um bocado, sonhando, respirando curto como o faz quem não deixa de ter, apesar de tudo, a consciência pesada. "Só mais um pouco", dizia para si, sentado naquele chão de pedra, com a cabeça virada para cima e a boca muito aberta. "Só mais um pouco e ponho-me daqui para fora.". Só mais um pouco e é como se nada tivesse acontecido. Depois deixo de ser criança, torno-me adulto outra vez. Depois deixo de ser ladrão e volto a embrulhar-me na casca do velho Cosme Paulino obediente e confiável. Não se é ladrão em permanência, só por um momento, quando surge a tentação.

 Só que *njungo* Araújo precisou por qualquer motivo de ir ao armazém. E entrou na escuridão furtivamente, não com o intuito de provocar surpresa, claro, pois era dono de tudo em volta, mas apenas porque ia imerso nos seus pensamentos, e, portanto, silencioso. Foi assim ele a ouvir quem lá estava e não o contrário. E o que ouviu foi o som levíssimo da minúscula cascata de cristais dourados deixando-se escorrer diretamente para a boca escancarada do velho e desprecavido Cosme Paulino. E o som maquinal que a garganta dele produzia ao engolir, ritmado, cadenciado como o bater surdo de um pequenino coração. E a respiração apressada e consonante.

O patrão achou estranho. Talvez um pequeno animal estivesse ali fechado, talvez uma cobra, talvez uns pingos da chuva de ontem vertendo ainda do telhado e manchando a mercadoria, sabia lá. E foi ver melhor.

Cosme estava longe daquele contratempo quando ele aconteceu, cego pela gulodice e absorvido pela ânsia de acabar com aquilo bem depressa. Arregalou os olhos de surpresa, os grãos de açúcar dourando-lhe a barba rala, indícios multiplicados. Ficou a olhar para o patrão, e este para ele, cada um deles lendo os olhos do outro, como se levassem tempo a compreender as respectivas intenções.

E o patrão agiu primeiro.

Tremendo por todo o corpo, foi o criado arrastado para o pátio, o lugar mais público de todos, porque é publicamente que melhor se processam os correctivos, as lições e os exemplos. Pobre Cosme Paulino, que já suspeitava do que o esperava!

Levavam-no dois fortes criados em quase tudo iguais a ele. O mesmo passado, provavelmente o mesmo futuro, salvo que se achavam fora daquele problema, grosso problema que fazia com que o Cosme esperneasse, certamente mais para condizer com a encenação, uma vez que no íntimo estava convencido de que tal não lhe serviria de muito.

– Desculpa patrão! Desculpa patrão! O Cosme não volta a fazer! O Cosme nunca fez para além desta vez! Desconta lá esta vez, patrãozinho! – arengava ele num fio de voz monocórdica, como se recitasse uma ladainha de criança. Voz de velho num invólucro infantil. Voz, talvez, de criança envelhecida.

Njungo Araújo nem ouvia, o olhar duro de quem foi traído, mesmo sabendo que se tratou de uma pequena traição numa vida inteira de lealdade e obediência. Ainda assim uma traição cujo correctivo deveria servir de exemplo, não tanto ao pobre Cosme quanto aos demais. Tem paciência, rapaz, é como se dissesse ao velho o olhar azul-gelado de *njungo* Araújo. Tem paciência que isto custa um bocado, mas acaba por passar. É para os outros aprenderem, não para ti, que te quero sempre comigo.

Cosme Paulino amarrado no meio do pátio, levando pancada de criar bicho. A cada aceno quase imperceptível do patrão, nova série de dez palmatoadas nas plantas dos pés e das mãos. Quem disse que aqueles vinte dedos grossos já tinham inchado tudo nesta vida de intermináveis caminhadas para cá e para lá, nesta vida de intenso labor manual? A palmatória mostrava que havia ainda muito para inchar. Um aceno, mais dez nas mãos; novo aceno, mais dez nos pés. Para que nos tempos mais próximos não pudesse chegar-se ao armazém com os pés, não pudesse furar sacas com as mãos.

– Ai patrãozinho! O Cosme não volta a fazer!

Novo aceno, nova série. Tudo tão maquinal como se *njungo* Araújo apenas assistisse e fossem os dois homens da palmatória que, de moto próprio, resolvessem começar desde o princípio. Suava o Cosme de medo e dor, suavam os dois da intensidade daquele trabalho. Suava o povo da tensão e do sol cru, sobretudo os mais curiosos, que deixavam as sombras dispersas em redor para vir ver mais de perto. Entre estes as crianças, e ainda bem porque quanto mais pequeno se é mais fundo pega o exemplo, mais vincada fica a lição. Entre elas Vicente, Vicente Paulino, rapazinho ainda, o primeiro que o Cosme fez no ventre da mais velha das suas mulheres. Vicente rindo muito do espetáculo para esconder a vergonha. Ou então para que aquela verdade não passe de brincadeira.

***

– Prefiro o chá assim mesmo, Sá Caetana. Não tomo açúcar, obrigado – é Vicente falando com a voz do doutor. Vicente como que dizendo que todo o açúcar que os Paulinos tinham para comer foi comido naquela fatídica tarde pelo seu velho pai, Cosme Paulino. Naquele presente e para toda a descendência.

As duas mulheres, gulosas por natureza, olham para ele admiradas.
– Tem a certeza, doutor?
– O meu chá é sem açúcar, por favor. Sente-se melhor o seu perfume, Sá Caetana. – É o Dr. Valdez elaborando sobre a recusa de Vicente Paulino que está dentro dele. Disfarçando o asco.
– Como queira, Dr. Valdez. Nós cá não o tomamos sem uma colherinha ou duas. São hábitos que nos ficaram desde a infância.

* * *

Continuaram durante um tempo os trabalhos no corpo do criado Cosme, escrevendo nele a história daquele crime e da respectiva punição. Primeiro nos pés e nas mãos, como se disse, para que não voltasse a entrar em armazéns nem a furar sacas de açúcar pelo menos por uns tempos. Mas faltava ainda a boca, a caverna sequiosa para onde escorrera a fina cascata de grãos dourados. Faltava punir aquela boca.

Veio então a saca do açúcar arrastada, do furo que tinha na extremidade persistindo a minúscula cascata em funcionar, deixando atrás de si um fio fino que se misturava à terra batida do pátio, agitando minúsculas formigas, despertando nelas já intensa atividade.

É a vez de *njungo* Araújo avançar para o meio do pátio, mergulhando a sua mão grossa dentro da saca, levantando-a depois bem alto, deixando que os cristais dourados lhe escorram de entre os dedos para que o povo veja bem o que vai passar-se. Cosme Paulino não queria açúcar? Então Cosme Paulino vai ter açúcar. Não há mais pausas alongadas, não há mais silêncios teatrais. Agora o patrão Araújo pragueja alto, trabalha com rapidez como se o mundo estivesse a acabar, mas antes disso fosse preciso que o criado Cosme comesse todo o açúcar daquela saca. Tira-o de lá com ambas as mãos, como se mexesse em terra, e enfia-o pela goela do ladrão.

* * *

— Desculpe, Dr. Valdez, que ao chá faltam duas sementes de cardamomo. Além do aroma que lhe põem ajudam muito à digestão.
— Tem razão, Sá Caetana. Mas o meu está bem assim. Sem cardamomo, sem açúcar, sem nada.

* * *

A princípio Cosme Paulino engolia como lhe ordenavam, não estava em situação de mais desafios. Mas com o tempo e a repetição do gesto deixou de conseguir transformar os pequeninos cristais em lama dourada. Secou-lhe a boca. A língua bem se agitava, frenética, mas já não conseguia transformar as novas remessas que chegavam sem cessar. Cosme tossia, rolava os olhos, já sem voz para suplicar ao patrãozinho que parasse. E *njungo* Araújo, implacável, metia as mãos no saco e tirava-as de lá cheias para as levar novamente à boca do traidor. Uma atrás da outra, de cada vez com maior rapidez.
— Não é isto que querias? Então é isto que vais ter!
E o Cosme já não podia responder.
O sol já se punha quando a saca se esgotou, trapo velho e claro de sisal abandonado no meio do chão. Como Cosme Paulino, trapo velho e escuro, inanimado, que as mulheres vão embalando, pelo seu rosto passando panos molhados para que ele possa regressar à vida.
Vicente também ajuda, o riso de há pouco transformado em funda seriedade. Crescendo e compreendendo, à medida que seu pai Cosme Paulino se tornava mais pequeno e vulnerável.

* * *

— É uma questão de gosto, Sá Caetana. E, também, é preciso lembrar que o açúcar faz muito mal à saúde – diz o Dr. Valdez, solidário, trazendo um álibi científico para o asco de Vicente.

Sá Caetana estranha aquela pausa do rapaz, o olhar absorto há um bocado. Talvez Vicente esteja a ensaiar mentalmente novos trejeitos para melhorar a figura do doutor, pensa.
— Desculpe, doutor, mas tenho que me retirar. Há tarefas da casa que não podem esperar — disse.
— Esteja à vontade, não se preocupe comigo — respondeu o falso Dr. Valdez, regressando ao presente, deixando o velho Cosme espancado e exangue no fundo da memória.
"Rapaz malandro e ladino", pensa Sá Caetana enquanto sai. "Onde se viu?! O criado na sala fazendo de patrão, recusando até o açúcar do chá; a patroa na cozinha fazendo o seu trabalho".
— Agora nós, Sá Amélia. Quero saber mais novidades — voltou o doutor, lá na sala.
A excitação de Sá Amélia é grande. A presença do Dr. Valdez interrompe a desistência com que vive os seus dias. Lamuria-se, pergunta se pode chupar um rebuçado, só um (há muito tempo que não os via, a irmã esconde-os, o Dr. Valdez nem imagina como Caetana sabe ser mesquinha, quer os rebuçados só para ela). Pede conselho sobre o que fazer para melhorar. Já foi duas vezes ao médico desde que está neste lugar; o tal garoto que não sabe nada. Sá Amélia não quer lá voltar. Só o fará se a tal for obrigada pela irmã. E esta fá-lo-á, e fá-lo-á por mal, para a castigar, para acertar contas que vêm de trás. Que fazer para acabar com a dor que a consome? Com as ideias que se atropelam?

* * *

Quando o Dr. Valdez chegou ao Ibo, em 1940, Ana Bessa acabava de morrer sem que do mar tivesse aparecido quem ela parecia esperar. Morreu olhando o horizonte, sentada na cadeira de palha. Sá Amélia, já viúva e agora órfã, ficou mais só no rico casarão do falecido major Ferreira, longe da irmã Caetana que habitava a Casa Grande, na outra ponta da ilha, casada com *njungo* Araújo e com a sua própria família para cuidar. Nessa altura os caminhos da vida haviam já separado as duas irmãs, de forma que a mais velha por ali foi ficando, entre a sua solidão e o seu medo.

Com o tempo esse medo de Sá Amélia foi ganhando contornos de outra coisa qualquer, difícil de definir, mas próxima da indiferença. Foi-lhe chegando tal evolução por duas vias: pelas circunstâncias que a vieram envolver e, também, pela degenerescência do próprio corpo. O contexto, convenhamos, seria assustador para qualquer um que se encontrasse na sua situação: viúva, dependente apenas de solidariedades emocionais indiretas, de visitas cada vez mais espaçadas. Na sinuosa floresta da solidão seguravam-na só as repetições diárias, a inércia dos pequenos gestos, os hábitos feitos. Mas quando os nacionalistas atacaram em Chai, ali tão perto que quase se podiam ouvir os ecos dos seus tiros e as pragas e lamentos dos atacados, ficou claro que as rotinas aparentes se deixavam ficar para trás, não conseguindo acompanhar uma transformação tão veloz. Tudo o que a cercava, a princípio tão sólido, esboroava-se agora irremediavelmente. Hierarquias velhas de muitos anos, que pareciam de pedra e cal, não passavam afinal de pequenos acasos transitórios dentro dos quais não cabia o menor vislumbre de lealdade ou reconhecimento. Os criados partiam mal adivinhavam a incerteza no rosto dos patrões. De fato, reconhecer o quê, o ódio ou a caridade?

Acompanhando o declínio do mundo vinha o declínio do corpo. Antes ainda havia um Dr. Valdez para a chamar à pedra: "Senhora dona Amélia, temos que dar mais atenção à sua pressão arterial que anda um bocado marota", inseria ele quase casualmente no meio de outros assuntos, para lhe evitar o sobressalto de uma notícia má. Mas o Dr. Valdez deixara-se morrer, enterrado nos seus pacotes de manteiga. Sem ele, Sá Amélia declinava sem ter com quem comentar o seu declínio. E se este tivesse vindo acompanhado de dor, qualquer dor, ao menos teria havido uma referência concreta a que se agarrar. Mas não. A dor – que constitui uma espécie de interrogação concreta exigindo de nós uma resposta também concreta, no padecimento e no esgar se é surda, no grito se é aguda – era aqui substituída por um vago mal-estar associado ao medo. Porque podia cair, medo de descer os degraus que separavam a varanda da praia (aqueles por onde um dia o finado major Ferreira sonhou descer de mão dada com a sogra); medo de se curvar porque podia ficar tolhida a meio do gesto; medo de se deitar porque podia, durante o sono, entrar por labirintos desconhecidos e não mais ser capaz de regressar. Medo de ameaças vagas que lhe pareciam concretas. Medo.

Todavia, nada permanece como é. Tudo se reconfigura com a convivência e com o hábito, lavado pelo tempo, polido pela repetição. De modo que a esses dois medos se foi Sá Amélia habituando, tanto ao medo íntimo e próximo como ao mais lato, aquele que surgia embrulhado por notícias de que a guerra estava perto, pontuadas pelos tiros que dedilhavam a noite lá no Mucojo, e pelo seu eco que chegava ali ao Ibo. Um dia viriam combatentes macondes de dentes aguçados para a levar (lamentavelmente, não sabia se era ainda a criança com medo deles, se já a viúva vulnerável e doente).

Além do mais, havia também a doença para transformar o diálogo solitário que Sá Amélia entretinha consigo própria. E agora que o Dr. Valdez se ausentara irremediavelmente, uma doença sem mediações nem explicações, e portanto sem contornos. A princípio Sá Amélia lidou com ela vasculhando na memória as velhas interpretações que o Dr. Valdez fizera enquanto vivo. "Senhora dona Amélia, não faça isto! Não coma aquilo!", lembrava-se ela de o ouvir dizer. "Coma mais fruta! Não toque em castanha de caju que foi ela que matou sua mãe Ana Bessa, que Deus tenha!". E ela fazia um esforço para seguir essas ordens do além, embora a gorda castanha se tivesse transformado em vício e a incómoda manga lhe deixasse fios nos dentes. "Minha amiga, tem que evitar as gorduras!". Mas pobre da Sá Amélia, que tinha por sumo e solitário prazer os rebuçados de gergelim torrado envoltos em calda de açúcar e cortados em losango!

Durante um tempo manteve ela esta feroz batalha de muitas

derrotas e algumas vitórias com a ajuda do infeliz e subterrâneo médico, que convocava sem cessar e, portanto, não deixava descansar. Até que aos poucos foi a voz do Dr. Valdez esmorecendo. Desfazia-se ele embaixo da terra, comido pelos bichos, tornando-se em pó, e perdia a sua voz o vigor necessário para chegar à superfície. Passou a fazer-se ouvir mais raramente, trêmula, uma vez por semana ou nem isso, sobretudo quando Sá Amélia se culpava de alguma prevaricação e lhe faltavam forças para a contrariar. "Senhora dona Amélia", dizia ele num derradeiro suspiro, quase conformado, "a minha amiga é incorrigível".

Até que um dia mesmo aquela voz se foi de vez, entupida a sábia boca donde saía por algum aluimento de terras lá embaixo. E Sá Amélia ficou a sós com a doença. Esta progredia um pouco todos os dias ainda que por vezes parecesse perder o vigor, conceder uma curta trégua (numa manhã de sol em que experimentava a graça de uma brisa, numa tarde quieta em que um fruto maduro de caju lhe sabia quase tão bem como outrora). Mas tratava-se de uma pausa enganadora. Na realidade, a doença era infatigável, expandindo-se como uma hera maligna que se agarrasse ao corpo, crescendo de baixo para cima como se viesse daquele chão que persistia em transformar-se tão profundamente nos últimos tempos. Primeiro foram os pés e as pernas, que pareciam desligar-se do corpo, assumindo formas próprias e desconhecidas, recusando ordens, preguiçando. Depois subiu-lhe a doença às ancas e à cintura. Por esta altura já sem o conforto das recomendações do Dr. Valdez, desistiu também Sá Amélia de achar interpretações, deixando aquela luta entregue aos restos de intuição que ainda conseguia juntar. Procurava então dormir mais cedo se sentia que a doença se afadigava em escrever mais um registro no seu corpo cansado, fingindo ignorar o caso para que ela desistisse do intento. Ou bebia muita água infusa de raízes de eficácia imaginada, convencida de que assim se dissolveriam os grumos maus que a velha inimiga persistia em formar nela.

Um dia o mal chegou-lhe à cabeça que, como se sabe, comanda o resto. Data desta altura a grande transformação operada na atitude de Sá Amélia. Esfumaram-se os fiapos de intuição que ainda havia, agora já sem préstimo. Migrou o medo para fora da velha senhora, instalando-se no seu lugar a indiferença. Não uma indiferença interesseira que olhasse o mal pelo canto do olho na tentativa de o ludibriar (se notares o meu desinteresse pelos teus ataques talvez acabes por te desinteressar de me atacar). Antes a indiferença verdadeira, aquela que só existe quando nada ficou para defender, apenas um alheamento pelo desfecho. Uma indiferença vedada ao raciocínio, inatingível pela compreensão, de quem come fruta como se mastigasse palha, maquinalmente. De quem deixou de sofrer porque olha a dor e não a reconhece.

Os criados foram partindo e a velha senhora, completamente só, passava os dias quase imóvel, descurando até da higiene, piscando muito os olhos, olhando para sítio nenhum. Foi nesta altura, quando Sá Amélia se preparava para deixar de ter percurso, que a sua irmã apareceu no umbral da porta para a vir buscar, procurando, ainda e sempre, redimir a culpa de quase a ter afogado no passado, de ter tido uma boneca de porcelana e a outra não, de ter sido durante muito tempo Caetaninha, a preferida. Resgatando-a ao vazio para a reintroduzir na história.

– Venho buscar-te, Maméia. Vamos partir as duas que já sobramos neste lugar – disse-lhe ela.

E foi assim que deixaram aquela terra.

* * *

Sá Amélia insiste nas suas desconfianças:
– É assim, meu amigo. Deixam-me aqui sozinha no sofá e ficam os dois na cozinha a cochichar. Falam de mim com certeza.
– Não diga isso, Sá Amélia. Eles só querem o seu bem. Particularmente o rapaz, esse Vicente que ainda não conheço, mas

me parece já boa pessoa. Por que razão conspiraria contra si, ele que não tem onde cair morto? A senhora é que dá emprego ao rapaz! Já viu que se não fossem os seus problemas de saúde ele não era aqui preciso para nada?

– Na verdade, tenho que reconhecer que as poucas alegrias que tenho é ele que mas dá – disse Sá Amélia. – Mas não pense que é por isso que ele é aqui mantido, doutor. Pouco se importa Caetana com as minhas alegrias.

– Não diga isso, Sá Amélia! Então por que é que a sua irmã o tem cá? – interrogou o Dr. Valdez, ansioso por satisfazer a curiosidade de Vicente.

– Simplesmente pelo que deve ao pai dele. Sabe, doutor – prosseguiu a sagaz senhora –, a vida da minha irmã divide-se em duas partes distintas. A primeira gastou-a ela a fazer mal aos outros; esta segunda dedica-a a expiar esses pecados para manter reservado o cantinho que lhe está prometido lá no céu.

Enquanto a ouve, Valdez nota a aproximação de Sá Caetana, silenciosa, sem dúvida procurando surpreender-lhes a conversa, e não resiste a falar baixo como se quisesse confiar um segredo a Sá Amélia. Mas não tão baixo que a outra não pudesse ouvir:

– Se a patroinha quiser...

– Não me chame assim, que só o meu criado é que o faz...

– Desculpe... Se a senhora quiser eu falo com a sua irmã para que ela tenha mais cuidado, para que lhe dê mais atenção e seja mais humana com esse pobre miúdo, o tal Vicente.

– Obrigada, Dr. Valdez – respondeu Sá Amélia. – Sabia que podia contar consigo.

Sá Caetana ouviu e franze o sobrolho. "O atrevimento do rapaz", pensa, "querendo aproveitar-se da situação. Agora até conselhos me quer dar sobre como tratar a minha própria irmã.". Indignada, entra na sala de rompante, disposta a acabar com a visita:

– Já são horas da tua sopa, Amélia! Acho que já maçaste a nossa visita o suficiente. Estou certa de que o Dr. Valdez está desejoso de ir-se embora.

— Sá Caetana tem razão. Tenho que ir-me — disse o doutor, vagamente atemorizado com o humor da dona da casa, mas satisfeito com as conquistas daquela tarde. E consultando o pulso onde não há relógio nenhum (talvez um modo indireto de o pedir à patroa): — A conversa estava tão boa que eu nem vi passar as horas.

Depois, levantou-se e beijou solenemente a mão de Sá Amélia, que corava de prazer.

— Adeus, meu amigo — disse ela. — Agora que já sabe o caminho não deixe de voltar assim que possa. Estarei à sua espera.

Já no corredor, a caminho da porta de saída, o falso Dr. Valdez virou-se para Sá Caetana, que o acompanhava:

— A sua irmã não está bem, Sá Caetana. É terrível a doença de que padece.

— Que sabes tu disso, rapaz?

— Sei o bastante — continuou ele, gozando ainda de um resto do fato de ser doutor. — Sei que é um mal que começa esfriando-nos as mãos; depois são as pernas que vão aos poucos deixando de obedecer-nos, os olhos que se vão avermelhando. Ela vai acabar cega. E quem não consegue olhar para fora fica só a olhar para dentro. É então que começamos a reparar nos fantasmas que temos dentro de nós, muitas vezes sem o saber. Nós, os médicos, chamamos a essa doença a arterite de Tokayasu.

— Como sabes tudo isso, rapaz? — perguntou Sá Caetana, curiosa.

— Foi assim que o doutor novo explicou quando cá esteve, na última vez — respondeu Vicente triunfante, enquanto começava a arrancar das faces as barbas de algodão.

— Põe-te daqui para fora! — rugiu Sá Caetana, furiosa. — E despacha-te com a muda que já são horas de deitar Sá Amélia.

Vicente saiu assobiando.

* * *

Maméia não se assustou naquela manhã fatídica em que a mão da morte lhe acariciou o cabelo crespo, quando a voz mansa dela chamou por si. Enfim, quando a sua língua molhada, disfarçada de onda larga, lhe lambeu a fronte e quase lhe fez ver um capitão montado numa escuna, no fundo do mar. A voz era sedutora, os gestos meigos, de modo que Maméia quase acreditou, quase se deixou ir pelo caminho que lhe era aberto na frente.

Salvou-a a sua modéstia. Enquanto engolia água olhava em volta e não via a sua mãe Ana Bessa para lhe pedir desculpa de partir assim sem a devida autorização. Nem Cosme Paulino, plantado no muro alto e que em breve ficaria em maus lençóis, coitado. Só Nastácia querendo afogar-se com ela, sem dúvida para evitar responder por mais este descuido. E, mais atrás, a sua irmã Caetaninha chapinhando, sem arte de estar na água, mas dando tudo por tudo para a salvar. Teve pena de todos eles e censurou-se.

Estivessem as posições invertidas e Caetaninha talvez tivesse cedido aos apelos, talvez se tivesse deixado ir só para se vingar da irmã. Mas Maméia não era assim. Quando trocaram olhares as duas, Maméia, longe de saber que era Deus que a levava a pedido da irmã, em vez de acusar desculpava-se por provocar todo aquele alvoroço.

No final, para uma foi a culpa que ficou mais o alívio por Deus ter escutado o seu arrependimento. Para a outra o embaraço do protagonismo. Caetaninha teve um vislumbre do poder de Deus, Maméia anteviu o poder da morte.

Quantas histórias dentro de uma mesma história!

* * *

A sós, no seu pequeno quarto, Vicente mira-se ao espelho. Ensaia novamente a voz do doutor, em surdina. Põe uma mão na anca e com a outra descreve no ar um arco, dando ênfase a uma afirmação. Sabe que convenceu Sá Amélia. Procura agora convencer-se a si próprio.

— Arterite de Tokayasu. Aaarterite de Tokaaayasúúú — enche a boca com os misteriosos sons dessas palavras. — Arteri-
-arteri-arteri... — sons que se espalham no ar como o piar de um pássaro.

E não é que a patroinha, apesar de pesadona, lhe parece mesmo um passarinho?! Alegre quando faz sol, sempre a cantarolar, crédula como uma criança, incapaz de silêncios rancorosos. E Vicente alegra-se com a descoberta, tanto esta como a outra, a de que as palavras têm a ver com as coisas que querem significar. Ensaia a outra palavra, cerrando os lábios em bico e franzindo o cenho:

— Tokayaaasúúú!

Mais uma vez lhe parece o som bem aplicado. É o som atemorizador do vento sul prenunciando a tempestade. Quando Sá Amélia parece possuída por um espírito feroz, o olhar amarelo e cego varrendo o espaço, passando pelas pessoas sem se deter nelas. Os seus imensos volumes tremendo, fazendo por sua vez tremer todas as coisas do quarto, agitando as almas dos que a cercam. Tokaaayasúúú!

Batem à porta.

Vicente, surpreendido, desce das suas deambulações e vai abrir. Na sua frente, recortados no umbral, estão os dois criados da casa do lado, olhando-o intensamente.

— Miúdo, precisamos de falar contigo.

Um deles, o que está na frente, tem ar de poucos amigos. Vicente fica ligeiramente inseguro.

— *Kalibu*! — disse, convidando-os a entrar.

— O que andas a fazer vestido dessa maneira? — atirou o primeiro de chofre, agressivo.

Vicente pôs-se em guarda. As entradas e saídas do Dr. Valdez não puderam deixar de ser notadas. Como explicá-las?

— Não é vosso problema! — replicou, procurando ganhar

tempo, ligeiramente fanfarrão. Com inflexões na voz que eram restos ainda da voz do falecido doutor, a voz que usou toda a tarde e da qual lhe custa ainda separar-se.

Jeremias (era esse o nome daquele que tomara a iniciativa) recuou ligeiramente. Não esperava aquela reação. Além disso, é inegável que a vestimenta de médico branco de Vicente lhe conferia alguma autoridade.

– Calma! – disse o segundo, procurando apaziguar os ânimos. Sabonete era o nome dele. – Só queremos saber por que é que você entra em casa da sua patroa vestido de branco antigo dessa maneira, só isso.

– Nunca vi uma farda dessas na minha vida – rosnou o primeiro.

Tinha bebido. Vicente notava-o pelo bafo azedo e o olhar raiado de sangue, o gesto cambaleante.

– Eu posso explicar-vos – disse, virando-se para Sabonete, que lhe parecia o mais razoável. – Não há nada de mal aqui.

Os dois esperaram pela explicação.

Vicente gaguejou, tentando começar a sua história de duas ou três maneiras diferentes. Como traduzir para eles o mundo de Sá Amélia que ele entendia tão bem, mas não conseguia explicar? Um mundo de mortos que visitam vivos, de vivos doentes que precisam da atenção dos mortos? Como explicar a terra de onde vêm, tão real, mas que assim, à distância, parece tão desbotada e sem sentido?

– Foi a patroa que me mandou vestir assim – acabou por dizer, escolhendo o caminho mais fácil. Desistindo.

– Eu não disse que ele não explicava? – volveu o Jeremias, quezilento. – Anda aqui feitiço! Feitiço contra nós!

– Deixa que ele tente outra vez – intercedeu o Sabonete.

– Não tenta nada! Isto é confusão de gente do Norte. Macuas de merda! – cortou o Jeremias em voz mais alta.

– Não sou macua! – disse Vicente, dando um passo em frente. Por dentro tremia de medo. Mas também de raiva. Não era hora de recuar.

— Calma! Calma! – era o Sabonete novamente. – Pensem no que acontecerá se nos pusermos a lutar aqui os três. Chamam a polícia, põe-nos na rua.
— Tens razão – disse Vicente.
— Turras de merda! – continuou o Jeremias com a voz entaramelada, insistindo, mas já desistindo. – Querem espalhar a confusão que fazem lá no Norte aqui para a Beira! Mas isto não fica assim, miúdo! Voltaremos a falar noutro dia, noutro lugar fora daqui!

Sá Caetana já chamava da cozinha, rouca, irritada com a demora. Vicente entrou rapidamente no seu quarto, tirou as ridículas roupas do Dr. Valdez que ainda há pouco o orgulhavam e agora envergonham. Tornou a sair e passou correndo pelos dois homens, ainda especados à porta.
— Tenho que ir, a patroa está a chamar-me – disse ele na passagem.

E entrou para ajudar a deitar Sá Amélia.

* * *

Quando regressou ao Ibo, já viúva, levava Amélia no ventre um fruto do seu curto e partilhado casamento, que meses depois veio a ser uma menina a quem chamou Ana, em honra à mãe. Talvez com isso quisesse compensar Ana Bessa do afastamento a que a votara quando se casou. E, também, desculpar a vingança e o despeito do finado marido, verdadeiros causadores desse mesmo afastamento. Amélia era assim, mais depressa aceitava a carga da culpa sobre os ombros do que tentava apurar quem de fato a merecia transportar.

Aninhas Ferreira, a filha, cresceu a primeira infância entre a casa da mãe e a casa da avó. De fato, mais nesta última, dado que Amélia, se bem que ainda relativamente jovem, começava já a dar mostras de uma preocupante instabilidade. Ana Bessa, com as suas ausências, estava também longe de servir de modelo de conduta para a neta, é certo, mas Caetana e Araújo compensavam essa fraqueza tratando a sobrinha como se fosse filha do seu próprio casamento que tardava em germinar (que, na verdade, nunca germinou de todo).

Amélia, por isso tudo, passou a ver a filha mais espaçadamente, quando o vagar e a consciência do cunhado e da irmã faziam com que a levassem lá. Mas eram curtas estadas, entradas e saídas apressadas de Aninhas: ainda a mãe ia a meio de um gesto para lhe agradar e já a porta da casa batia. Amélia suspendia então os braços no ar e calavam-se as pulseiras; baixava-os depois lentamente, num grande desânimo, do qual como sempre não lhe ocorreria culpar ninguém. Talvez fosse melhor assim.

Um dia resolveu Araújo que a menina devia partir para Portugal. A guerra aproximava-se, os alemães vinham aí, o mundo estava todo de pernas para o ar. Aninhas construiria lá, no seio da família do finado major Ferreira, um futuro melhor do que aquele que aqui alguma vez haveria de ter.

Sempre as separações pendendo sobre a cabeça de Sá Amélia como um cutelo! Curando uma e surgindo logo outra! Para ela foi como se lhe tivessem arrancado o coração. A praia; Aninhas dizendo adeus com a sua mãozinha gorda de criança, sem consciência do tamanho do passo que estava a dar; Amélia a um canto, vazia por dentro, sem a certeza de perceber inteiramente o que estava a acontecer.

Sá Caetana, claro, também teve voz na decisão. Embora mais tarde, nas raras vezes em que se zangava com o marido, insinuasse ter sido ele, com as suas ideias, quem precipitara a morte de Ana Bessa e a loucura da irmã.

Caetaninha e as suas impaciências!

* * *

— Sabes quem esteve cá hoje à tarde, de visita?
— Sei sim, senhora. Disse-me Sá Caetana.

Sá Amélia sente um desapontamento interior porque queria ter sido ela a dar a notícia a Vicente. Um desapontamento que se transforma em irritação:

– E tu onde estavas, rapaz? Chamamos por ti para que viesses servir-nos o chá. Não sabes que não fica bem recebermos visitas sem ter pelo menos um criado que nos sirva? O que é que irão pensar?!

– Desculpe, patroinha. Tinha saído a fazer um recado.

– Recado, recado. Sá Caetana vai dar-te o recado!

Vicente põe um ar cabisbaixo, como se estivesse pesando essa possibilidade. Aguarda com paciência, sabe que o amuo de Sá Amélia será breve. Nota-lhe um brilho nos olhos, um brilho que significa que mais forte do que a vontade de amuar é a outra, a de contar as novidades.

De fato, passado um pouco Sá Amélia parece ter esquecido a ausência do criado.

– Falamos muito, eu e o Dr. Valdez – disse-lhe. E, em voz baixa: – Ele não queria nada com Caetana, estava ansioso que ela fosse para dentro para podermos conversar mais à vontade.

Com um aceno, Vicente mostra ter compreendido.

– Quando tal aconteceu falamos de muitas coisas. Dos bons velhos tempos, das minhas doenças. E também de ti.

– De mim?

– Sim, de ti. Ele prometeu-me que vai pedir a Caetana que te deixe assobiar. Mas não exageres, ouviste? Fá-lo baixinho para que ela não se irrite.

– Sim, senhora. De hoje em diante vou passar a assobiar baixinho. Mas agora vamos dormir que já é tarde, senhora.

3

O tempo escorre lentamente naquela casa onde todos os dias são quase iguais, a diferença apenas marcada por Sá Amélia e as suas crises e humores. Dias lentos se ela está ensimesmada e cada um fica com espaço para explorar o seu próprio mundo. Agitados se ela se porta de maneira diferente, impondo aos outros um ritmo feito de demoradas subidas e de descidas sonoras e velozes. Quer isto, não quer aquilo, volta a não saber se quer o que queria, e todos obrigados a agir em conformidade. Um tormento.

Mas nem por isso deixam de ter os seus momentos. Sá Caetana a costura e as orações, Vicente o rádio e a *sungura* que dele brota se há pilhas que o façam tocar, ouvindo e dançando, meneando as ancas como se mexesse a *shima* na panela com grande vigor, entrando na música daquela nova terra com a vivacidade de um recém-chegado a esse mundo masculino das traseiras. A Beira é a cidade da música.

Vem vindo o tempo das grandes tempestades. As tardes de domingo trazem uma paz enganadora com a sua luz que chega voando baixo, incidindo quase paralela ao solo, projetando sombras espalmadas e longas, sombras iluminadas que conferem um brilho mágico ao capim. As casuarinas quedam-se imóveis, suspirando de tempos a tempos com um estremecimento, como se tivessem trágicas premonições e as lamentassem. Agourando na grande serenidade que antecede a fúria de Deus.

Vicente, que embora noutra também nasceu numa praia, conhece esses momentos e anseia que aqueles pescadores, cada um na sua pequena almadia, regressem à segurança da Praia Nova, para lá do mangal. Vê-os vindo como se avançassem montados em vagas que são quase montanhas, subindo-as lentamente, escorregando depois por elas abaixo a uma velocidade estonteante, remando sempre com vigor para tirar o maior proveito da ajuda que a corrente forte lhes concede, os músculos tensos sem que se saiba se o brilho que deles emana é ainda do suor do seu esforço ou já da água do mar que os quer envolver e reter. E eles remando sempre, incansáveis, fugindo a esse desfecho. De costas viradas para o horizonte e olhos postos na praia, semicerrados.

A roupa é recolhida dos varais. Uma a uma cerram-se todas as janelas, os cães vadios passam apressados em busca de um refúgio. Empurradas pelas sacudidelas secas do vento, rolam pela estrada as tampas das latas do lixo, os galhos são arrancados das árvores, os insetos ficam tresloucados.

Avisos. E por isso a cidade não se surpreende quando, mais acima, se abate uma escuridão noturna em pleno dia e as nuvens tropeçam umas nas outras, quando as gotas grossas e dispersas começam a cair explodindo nos passeios, fritando no alcatrão, espalhando um cheiro intenso e acre da terra molhada.

Depois, o dilúvio.

* * *

Foi numa noite assim, longe dali, com tanta chuva que os coqueiros e as pessoas se afundavam, borbulhando, no mundo dos peixes e das algas, que desabou a vida de Ana Bessa.

Wolf, baixo, um corpo rígido como um pequeno tronco de madeira, um cepo grosso. Tão ereto que as pessoas sempre lhe confundiram a pose com falta de humildade, tão assim que lhe era difícil baixar a cabeça ou ajoelhar-se. Talvez por isso tenha sido sempre ateu para grande desgosto daquela sua fugaz família feita ontem e a desfazer dentro em breve, assim que ele trocar subitamente uma estabilidade que parecia eterna pela corrida ofegante dos acossados. Para compensar a aludida rigidez, uma extraordinária dobradiça na cintura que lhe amarrota o corpo e lhe confere uma agilidade surpreendente (a única, se não contarmos aquela em que se baseia a urdidura dos seus projetos). Foi a dobradiça da cintura, diz-se, que lhe permitiu baixar-se, evitando *in extremis* uma bala que vinha voando para lhe varar o coração. Baixou-se a tempo, e em lugar de encontrar um corpo inteiro encontrou a bala apenas meio corpo, e ia ela tão lançada que lhe foi impossível mudar de rota. Seguiu, pois, em frente, percorrendo o caminho que o atirador lhe destinara, passando agora bem por cima da cabeça do alemão. Este decidiu logo ali não esperar por uma outra que, avisada do desnorteio da primeira, escolhesse melhor rota.

Nos impreparos em que se achava percorreu Wolf o labirinto de quartos, cada qual com uma entrada e uma saída, cada saída de um confundindo-se com a entrada do seguinte. Perdiam-se as balas sem o achar pela razão dessa arquitetura complicada que cativou os coloniais antigos, mais porque estava escuro e as várias sombras simultâneas do seu corpo rígido se tornavam flexíveis ao escorregar pelas paredes, tomando caminhos próprios e desencontrados, todos eles fugindo ao foco de luz crua que ora o procurava a ele ora tentava iluminar o percurso dos tiros, acabando essa indecisão por confundir estes últimos.

Em cada quarto atravessado na corrida encontrava Wolf pares de olhos esbugalhados no escuro, à espera de compreender que rebuliço era aquele. No quarto contíguo ao seu a mulata Ana Bessa, que o acolhera no seu colo morno e via agora a sombra do marido partir refletida no espelho do toucador, misturada naquela superfície quase líquida com o azul sereno do luar lá fora, que já secava a chuva; Maméia, a enteada, muito encolhida no quarto seguinte, já em idade de compreender que vinha ali desgraça mas sem saber ainda qual era, e procurando proteger-se debaixo dos lençóis de linho; Nastácia, a criada de dentro, gemendo baixo em cima da esteira de palha do terceiro quarto.

Ia como um louco, nem reparava. E todas elas tentando despedir-se dessas sombras desavindas que faziam parte de um homem só. "Adeus marido, adeus padrasto, adeus patrão", iam dizendo iludidas para as sombras das paredes, que o alemão verdadeiro já passara ao quarto seguinte, o último, correndo sempre, fugindo ao recarregar das armas e ao praguejar dos atiradores desconhecidos que se moviam lá fora.

Naquela urgência, as suas manápulas eram garras de agarrar o que podiam (a pistola, uns papéis), mas por um breve instante foram também mãos suaves e doces quando afagaram a cabeça de Caetaninha, que se encolhia de medo naquele último quarto, deixando que os dedos grossos e ásperos do alemão se enterrassem nos seus pequenos caracóis crespos espalhados pela almofada. E embaixo desta depositassem um pequeno saco de libras reluzentes, acabado de colher na escrivaninha da sala. Era Caetaninha a sua única filha verdadeira, e olhando-a uma última vez despedia-se o alemão da família inteira.

Desde então que Caetana odeia essas pesadas moedas inglesas. Significam um contrato que ela nunca subscreveu, que só não recusou abertamente porque o seu efêmero pai lhe não deu tempo, apressado e lúcido que ele ia, estremunhada e criança que ela estava e era. Ainda lhe esticou os braços mas já Wolf lhe virava as costas, saltando pela janela para a varanda larga, detendo-se aqui no que pareceu ser uma curta indecisão para logo a seguir se internar no coqueiral escuro onde as balas inglesas teriam muito mais dificuldade em achá-lo. Nessa noite, o coqueiral, que até então não passara de um espaço dormente e um pouco misterioso que só o cantar dos grilos e um ou outro suspiro de vento perturbavam, foi agitado por luzes e gritos, sacudido por tiros e surdas correrias sempre que um restolhar da folhagem podia ser barulho de bicho assustado ou de Wolf fugindo.

Quando amanheceu ainda se ouviam tiros dispersos e isoladas imprecações, embora tudo muito mais desalentado. Qual cometa veloz, o alemão desaparecera deixando para trás, como desirmanadas caudas, as pragas dos perseguidores e os lamentos das mulheres ("adeus marido, adeus padrasto, adeus patrão"). E a perplexidade de Caetaninha.

As visitas do Dr. Valdez

Foram várias as versões que lhe contaram quando Caetana, muitos anos decorridos, inquiria ainda sobre a história do desencontro que essa noite iniciou. O pai ter-se-ia embrenhado no coqueiral para através dele chegar à praia, que em Mucojo é estreita e sinuosa, geralmente mansa de águas. Para uns entrou por elas adentro, preferindo esse destino ao ajuste de contas com os ingleses, contas graves para justificar tal incidente; para outros foi um *dhow* árabe, silencioso e oportuno quanto o havia sido o barco do sogro que ele não chegou a conhecer, que o recolheu e transportou à mistura com as sacas do contrabando até Quiterajo ou Namuiranga, terras que ainda eram alemãs e levariam um pouco mais a deixar de o ser. Dali terá continuado a fugir, internando-se no mato para viver com os bichos, embarcando num vapor de carreira como vulgar passageiro vestido de branco e olhando tudo por um distinto monóculo, subindo até no balão de uma qualquer sociedade de geografia europeia para fingir estar medindo os montes e rios desta terra mas na verdade querendo pôr-se longe dali. Depois, se fugia também de todo aquele mundo ou pensava vir um dia buscar o que deixava, é impossível saber-se: a partir daqui perdia a história rumo certo, confundida no labirinto das versões.

Era extraordinária a flexibilidade deste pequeno alemão que resolvia todos os problemas que ia deixando para trás. Exceto um ou dois, que acabariam por ficar muito tempo pairando dentro daquela casa. Um deles foi o fato de Caetaninha nunca lhe ter perdoado a deserção da paternidade. Nenhuma carta, nenhum sinal atravessou os anos da sua juventude, ou mesmo da idade adulta, para lhe trazer uma resposta, para lhe abrir um caminho. De modo que ela o riscou do mapa das suas citações e referências. Wolf passou a ser uma ausência, um encolher de ombros, uma prova concreta da sua orfandade. Ficou Caetana com isso mais próxima da irmã, órfã de pai há mais tempo, conhecedora das indagações que ficam sem resposta quando dirigidas nessa direção, e portanto capaz de ensiná-las. Ambas tinham agora pais furtivos e desfocados. Unia-as, além disso, a nitidez de uma Ana Bessa nem sempre próxima ou atenta, nem sempre terna, mas, contudo, quase sempre justa.

Ao outro problema que o alemão deixou só esta Ana Bessa poderia responder. Mas para o fazer teria que pedir-lhe explicações. Será por isso que ela aguarda na varanda o dia em que o verá vindo ao longe, aproximando-se.

* * *

Os vapores da chuva que não cessa embaciam os vidros, amolecem os papéis, esbatem os horizontes, semeiam bolor no pão e irritação na gente. Dentro de casa, Sá Amélia lamenta a ausência do Dr. Valdez. Umas vezes como que o insulta por ter vindo despertar uma necessidade que depois não satisfaz. Outras, pergunta-se – e pergunta – se não será a irmã que não quer que ele regresse, ciumenta porque o doutor lhe não deu atenção.

– São ciúmes! – diz. – Ciúmes antigos!

Sá Caetana desconta, mas não deixa de incomodar-se. Terá havido alguma troca de olhares no tempo antigo? Terá sido mais que isso? Terá reparado ela naquela voz grossa que lhe lembrava outra voz no tempo em que o marido ainda vivia? Se sim foi seguramente só isso, mais seria pecado. E quantas vezes Valdez, de visita a Sá Amélia, terá seguido antes a irmã com o olhar? Quantas vezes terá sentido que o rigor de Sá Caetana lhe era complementar? Águas passadas.

Talvez Sá Caetana se tenha surpreendido consigo própria. Com o modo como quase acreditou, não tanto na encenação, mas no ambiente que ela criou. Naquele timbre exagerado, nos requebros e falsos baixos da vozinha de Vicente terá ela reconhecido a voz tranquila de Valdez embalando-a de volta ao passado, cozinhando-a no brando e doce estado de alma que é a melancolia?

Sá Caetana resiste a uma nova visita do Dr. Valdez, mas não por isso. Não são o pudor ou o remorso que a tolhem. Incomodou-a, isso sim, a altivez de Vicente sentado no seu sofá, recebendo das suas mãos uma chávena de chá quando a podia recusar polidamente, impedindo que o jogo fosse além do que era estritamente necessário. Mas não, pareceu-lhe que o rapaz quis transpor essa fronteira. Vicente era o diabo, sempre pronto a aproveitar-se das situações. Ele e o seu ar ingênuo. Notava-lhe até alguma mudança de atitude desde essa primeira visita, um modo novo de a olhar que desafiava o respeito. Como se em vez de estar cumprindo ordens fosse ele a fabricá-las. Era sobretudo o olhar que a incomodava. Olhar de desafio, olhar cúmplice, mesmo se nele não deixava de transparecer uma certa ingenuidade.

Não. Decididamente não queria o Dr. Valdez de volta.

* * *

A correspondência que Sá Caetana trocava com o velho Cosme Paulino era importante nos dois sentidos. Ao escrever essas cartas Sá Caetana dava ordens, era ainda a Senhora Grande exercendo o seu poder. Mantinha, com elas, a sensação gostosa de fazer funcionar o seu verdadeiro mundo, não este, o da maldita cidade da Beira onde se encontrava sem dúvida provisoriamente. Nem sequer aquele que deixou para trás, já desabado. Talvez um mundo anterior, talvez antes um próximo que viesse, feito daqueles escombros mais daquilo que ela agora já sabia.

E Cosme Paulino? Para ele tinham as cartas um sentido diverso embora também valioso, numa altura em que o Ibo e o Mucojo se fechavam ao mundo e mergulhavam no limbo do esquecimento. Antes de desaparecerem de vez para ressurgirem de outra maneira, muito tempo mais tarde. Receber cartas era raro privilégio só ao alcance de quem, como Cosme Paulino, tinha ainda um cordão umbilical que o ligava ao exterior, e, portanto, ao tempo recuado. Enviá-las e recebê-las era prova dessa evidência, uma verdadeira finalidade.

Se Cosme Paulino se orgulhava, Sá Caetana quase se envergonhava da ansiedade com que esperava as cartas do criado, do prazer que retirava da sua leitura. A princípio ainda lia algumas passagens à irmã, não tanto por vaidade, mas movida pelo nobre propósito de lhe incutir segurança. "Vês, Amélia, como ainda lá tenho gente zelando pelas minhas coisas? Vês como malgrado as aparências ainda continuo a ser a Senhora Grande?", era o que se afigurava implícito no seu gesto. Mas cedo se cansou, uma vez que Sá Amélia não parecia dar grande importância ao caso. Confiava mais nas suas divagações interiores para receber notícias da terra do que nas cartas de um criado que ela nem sempre parecia saber quem era.

– Esse Paulino de quem falas, é alguém que contrataste? – perguntava, querendo mostrar-se interessada.

Sá Caetana abanava a cabeça e pormenorizava, procurando avivar-lhe a memória. Mas tanto abanou a cabeça que acabou por desistir. Era evidente que à irmã não faziam falta notícias tão diretas.

Quanto a Vicente, era raro revelar-lhe aquelas cartas, mas por um motivo diverso. É que o tom do Cosme Paulino, de grande intimidade (embora, claro, sempre dentro do maior respeito), poderia ser mal interpretado pelo rapaz, trazendo assim motivos acrescidos para acentuar nele o comportamento desviante que lhe vinha notando ultimamente.

De modo que as cartas acabaram sendo um prazer particular a que Sá Caetana se arrogava o direito. A última, que agora tinha em mãos, começava da seguinte maneira:

"Senhora Grande, lembra-se daquela mangueira pequena mesmo junto da torneira, aquela que nunca mais queria crescer? Aquela que a senhora dizia que o problema era falta de água, nós dizíamos que regávamos, a senhora dizia que era mentira, e nós achávamos que era feitiço? Afinal era feitiço mesmo, feitiço que limpamos e este ano ela deu já quatro mangas e para o ano dará muitas mais."

Sá Caetana tirava os óculos, sorria e pensava que daria tudo para provar uma delas.

"Lembra-se daquela minha prima que estava sempre a vomitar? Aquela que a senhora disse que resolvia o problema e deu *massaza* de carne cozida com muita água e pouco sal, e disse que como havia pouca carne podia comer caril de peixe, mas sempre com muita água e sempre com pouco sal? E que mesmo assim não melhorou? Encontramos qual era o feitiço, limpamos e ela já come tudo outra vez. E vomitar, só de vez em quando, já não é muito como antes."

E Sá Caetana franzia o sobrolho, duvidosa daquele remédio, despeitada com a competição e zangada com a rebeldia. Invariavelmente, no final, já quase nas despedidas, lá vinha a tímida inquirição, ansiosa, envergonhada:

"E o meu Vicente, o *mwanangu*, senhora? Será que ainda se lembra do pai dele? Será que continua a trabalhar bem? Não faz asneiras? Por favor, diga-lhe que sou eu Cosme Paulino, seu pai, quem lhe manda muitos cumprimentos. E que o irmãozinho dele, o Afonso, já é quase um homem, já pesca sozinho, já está quase na idade de trabalhar."

Sá Caetana cerrava os olhos e tentava recordar, naquela multidão de crianças esfarrapadas cirandando pelo quintal, qual delas teria sido o Afonso. E vinha-lhe algum mal-estar da imprecisão da lembrança, como se estivesse traindo, como se em vez de responder a uma tal prova de confiança se tivesse quedado num comprometedor silêncio.

Irritava-se às vezes, é certo, com a intromissão de Basílio Aliberto naquela ligação. Aliberto era primo do Cosme Paulino, trabalhara na administração antes da chegada dos militares e ao contrário daquele sabia ler e escrever. Não havia como deixá-lo de fora. Um dia escreveu-lhe este Aliberto diretamente:

"Respeitosa Senhora Grande", começava ele, e Sá Caetana logo suspeitou pois que da boca do velho Cosme Paulino nunca sairia um "respeitosa" daqueles. Senhora Grande, sem mais nada, era como ele a trataria. Como aliás sempre a tratou. "Escrevo-lhe esta carta", prosseguia o Aliberto, "para lhe dar uma notícia muito triste". E expunha com relativa minúcia as circunstâncias que haviam rodeado a morte do velho Cosme.

Durante os anos que se seguiram à saída das duas senhoras tudo mudou naquelas paragens. Os antigos moradores – que aliás eram já poucos – foram partindo ou morrendo. Sem trabalhadores que o ajudassem, Cosme Paulino afadigava-se, procurando cuidar da Casa Grande na ilha assim como da Casa Pequena e do coqueiral no Mucojo. Subvertiam-se as velhas hierarquias e o velho Cosme ia-se transformando em quase *njungo*, quase branco, quase patrão. Embora apenas por procuração. Dos poucos que tinha algo a preservar se bem que quase nada fosse seu.

Censurou-lhe a família o excesso de fidelidade. "Que ganhas tu, Cosme? O teu patrão já morreu, à mama já a matou a distância ou de qualquer maneira vai morrer, de tão velha que está. No coqueiral cresce o capim, já não há quem apanhe o coco, e mesmo que o apanhassem de nada serviria. Nada voltará ao que era. Foram-se os patrões e o Mucojo foi com eles. Ficou apenas este lugar sem nome que é a nossa terra. Que ganhas tu, velho casmurro?"

Cosme Paulino nada respondia para não ter que lhes dar razão. Aprendera com o seu pai a ser assim, e aquele com o avô marinheiro, criado de traficante. O mesmo ensinara a Vicente para que este ensinasse aos filhos que viesse a ter. Como podia adivinhar que o mundo desabaria um dia? Como podia agora dizer a Vicente que renegasse o que aprendera?

Um dia chegaram os combatentes ao palmar e ao quintal da Casa Pequena.

– *Hodi?* – disseram eles, pedindo licença para entrar.

– *Kalibu!* – respondeu o resto de povo que ainda ali se concentrava, temeroso, convidando.

Vinham esses homens do *chilumu*, da floresta escura e cerrada onde poucos se atrevem a entrar e uma vez lá dentro o mais certo é se perderem. Ah, mas estes não. Se haviam perdido alguma coisa era o resto de respeito que naquele lugar havia pelos brancos, a quem chamavam agora de colonos. Vinham como um bando de leões empertigados farejando o ar, olhando em volta, interessados nos mínimos detalhes.

Pediram fogo e o povo deu. Pediram comida e o povo deu a que tinha, um pouco de farinha amarela, alguma folhagem (carne já não havia). Cozinharam e comeram, olhando atentamente o povo que os olhava atentamente a eles, sentado à sombra das árvores, disperso em redor. Depois, finalmente, falaram. Estavam ali para os libertar do mundo velho, para juntos construírem um mundo novo e sem colonos.

– Colonos já não há – respondeu o povo de lá de dentro das sombras. – Usaram o seu feitiço para adivinhar a vossa vinda. Fugiram.

Estava pois meia tarefa resolvida. Faltava apenas a outra metade, a da construção do mundo novo. E o povo queria, pois pior que a vida que levava era impossível.

– E de quem é esta casa? – perguntaram os combatentes, apontando o dedo para o vulto vazio da Casa Pequena, junto ao mar. – De quem é o coqueiral?

– Coqueiral que já não é bem coqueiral – respondeu Cosme Paulino, adiantando-se. – Sê-lo-ia se houvesse meios para o manter limpo e arejado como era. Quanto à casa, foi construída com o trabalho do meu patrão *njungo* Araújo, e depois mantida pela viúva que ele deixou quando morreu. Com muito trabalho, com *kudenga*!

– *Kudenga! Kudenga!* – retorquiram os combatentes agastados. – *Kudenga* mas foi do povo que empilhou esses tijolos na ponta do chicote!

– A casa já não tem dono! – apressaram-se a interromper os do povo, para evitar que Paulino prosseguisse e assim se desgraçasse. Conheciam-lhe o feitio.

– Tem dono sim! – volveram os combatentes, chegando onde queriam chegar. – O dono agora é o povo!

Admirou-se o povo que rondava por ali mantendo o velho respeito. Haviam-se ido os colonos com os seus motores e as suas cerimônias, as suas ordens e a sua agitação. Ficara apenas o *ishima*, o respeito por esses ausentes. E por causa dessa inércia, o povo relutava em tomar posse do que era seu.

Dando o exemplo, pontapearam os combatentes a porta da Casa Pequena escancarando-a, e entraram. O povo seguiu atrás, respeitoso ainda, mas cheio de curiosidade, querendo ver como era por dentro aquilo que há muito conhecia por fora. Cosme Paulino querendo e não querendo ir.

Lá dentro, vaguearam todos por aqueles quartos onde nasceram e cresceram as duas irmãs, de onde fugiu o alemão. Nada encontraram, porém, que revelasse esses segredos agora já feitos em pó. Cosme Paulino, hierático, coberto pela sombra de uma mangueira na outra ponta do terreiro, culpava-se de pouco poder fazer para impedir a devassa. Querendo e não querendo ir com o seu povo quando este se foi atrás dos combatentes que partiam a visitar outros lugares.

"Foi assim, mama Caetana, que o Cosme ficou sozinho", prosseguia o Basílio Aliberto, minucioso. Cosme Paulino ficou para trás, obstinado, guardando a casa que era agora um quase escombro. Tomando conta do coqueiral que era agora um quase mato. Tomava conta do passado.

Andava para cá e para lá como um vulto devolvido à floresta que crescia inexorável, invadindo o lugar. "Saía apenas raramente, para vir ter comigo à administração a ditar as suas cartas. E para ver os filhos."

Mais tarde foi um grupo de soldados portugueses que chegou ao quintal da Casa Pequena. Desconfiados como hienas barbudas e cansadas, progredindo devagar por entre papaeiras e pés de milho selvagem indicando que já ali morara gente. Em bicos de pés, como se dançassem uma estranha dança que era só deles. Calados, falando por eles um rádio que recebia informações e zumbia ordens sem cessar. "Aqui já não há gente", sussurravam para dentro dele.

E tinham quase razão, que Cosme Paulino era já só sombra de gente. Rondava por ali cuidando do que estava à sua guarda. Tentava reparar os estragos causados pelos homens, pelo mar e pelo tempo.

– Vai ali alguém! – segredou o tenente do pelotão, por gestos e em silêncio, achando que aquele vago restolhar era o Cosme Paulino mudando de posição para melhor os poder emboscar. E por gestos e em silêncio ordenou que o cercassem furtivamente.

Podia mais o pelotão do que aquele velho renitente que pretendia esticar o tempo e viver com as sombras para lá do razoável. Num piscar de olhos foi localizado, cercado, capturado. E ficou por fim acocorado, olhando fixamente o chão como se meditasse.

– Diz lá, turra ordinário, onde estão os teus camaradas – gritou-lhe o tenente, desvairado, tentando, com os parcos elementos que tinha, criar um complexo enredo.

Contasse Paulino o que sabia e a surpresa seria enorme. Venho de muito longe no tempo, lá onde vocês não pertenciam, diria. Este meu andar silencioso, como que andando por cima das coisas sem lhes tocar, não era para vos fazer mal. Aprendi-o por duas razões: para não riscar o imaculado chão das casas Grande e Pequena com os meus grossos pés descalços, e para não sujar o silêncio das tardes arrastadas que mama Ana Bessa passava olhando o mar e cantando baixinho. Já agora, também para melhor observar, dissimulado a um canto, a beleza incomparável dessa minha velha patroa, era eu criança ainda, mas não tão criança assim que pudesse passar imune defronte de tanto encanto. Este meu andar furtivo não foi uma vontade mesquinha de vos fazer mal que o determinou. A razão é muito mais forte e antiga. O respeito e a lealdade.

Mas, lamentavelmente, em vez desta grande e antiga explicação Cosme Paulino preferiu dar-lhes em troca o silêncio. E os soldados bateram-lhe, exigindo que contasse como se comprometera com o inimigo:

– Fala, turra desgraçado!

Cosme Paulino tentou então explicar tudo isso, mas entaramelava-se-lhe a língua na boca, pelas pancadas, pela idade e pela saudade. E a história que saía não era encantada como aquela que a sua mente e a sua solidão iam tecendo todos os dias. Saía torta e resumida.

A cada uma das duas filhas que vingaram (houve um filho que morreu) ensinou Ana Bessa uma história diferente. A mais velha, Sá Amélia, herdou dela uma distância das coisas e aquela forma de cantar baixinho como se gemesse. A mais nova, Sá Caetana, ficou com a maneira de cultivar o silêncio, com o jeito de olhar as coisas fixamente como a mãe olhava o mar. Infelizmente, nenhuma herdou a beleza que a mãe teve. Quanto a ele, Cosme Paulino, não passava de um criado, embora agora sem patrões que se vissem e pudessem comprová-lo. Servia Sá Caetana à distância com a mesma dedicação com que havia servido a sua mãe.

Tornaram a bater no velho. Faltava-lhes imaginação para se contentarem com a história verdadeira, que ele apenas entreabria naquele introito. Batiam-lhe sempre que recomeçava, tentando saciá-los com a verdade. Queriam que inventasse outro enredo mais conforme com os seus anseios. E tanto lhe bateram que Cosme Paulino acabou por suspender uma frase a meio, sem forças ou já desinteressado da sua continuação. E foi assim.

"Sem outro assunto, e imerso ainda na tristeza deste, aceite, senhora Sá Caetana, os meus mais respeitosos cumprimentos", concluía o Basílio Aliberto, funcionário da administração aposentado, dando uma machadada inocente, mas definitiva no cordão umbilical que ligava a velha senhora ao seu *shilambu* distante.

* * *

A insistência de Sá Amélia adensava-se. Pedia todos os dias, gemia, lamuriava-se. Espalhava aquele ar vulnerável de cão vadio que já só lança um olhar inquieto e fugidio em vez de ladrar, de quem já não consegue pedir porque lhe secou a voz. Ou pior, de quem não se importa de se afogar para que assim se possa consumar um desejo muito antigo: se não conseguiste que eu morresse nas águas do mar aproveita agora para me matar de tristeza.

Sá Caetana impacientava-se com tão dramáticos exageros. E um dia deixou de adiar por mais tempo aquilo que afinal não era mais que um pequeno gesto de misericórdia.

– Está bem, Amélia – disse contemporizando, acabando de uma vez com um remorso que apesar de não ser grande a incomodava lá dentro. – Vou mandar um recado para que ele venha.

A Vicente disse-lhe apenas que podia repetir a encenação. Mas que o fizesse com juízo e muito mais comedimento, que ela ficaria de olho nele.

Falavam pouco, Sá Caetana e Vicente. Os respectivos lugares estavam desde há muito estabelecidos, de modo que pouco havia a esclarecer que requeresse o dispêndio de frases inteiras. Economizavam-nas, pois, limitando-se às palavras dispersas, à troca de olhares significantes e aos gestos essenciais, quase sempre a respeito de Sá Amélia. Sá Caetana é patroa, mas há muito que dispensa que a sirvam, cozinhando ela própria a sua comida, gostando de ser ela a manter os seus objetos nos lugares que lhes destinou. Não fosse a irmã e o seu impedimento, e sem dúvida que Vicente passaria a ser supérfluo como bem dissera o Dr. Valdez.

– Está bem, Senhora Grande – respondeu ele com falso desinteresse. – Quem manda é a senhora.

– Melhor assim – Sá Caetana tinha que ter sempre a última palavra.

Infelizmente, porém, aconteceu esta visita num dia mau de Sá Amélia, num dia em que ela se encontrava em estado de grande agitação e péssimo humor. Tivesse Sá Caetana adivinhado o que viria a seguir e teria adiado a visita com um pretexto qualquer. "O Dr. Valdez está indisposto, minha irmã", teria ela dito, "Com uma das habituais crises de fígado", ou então, "Infelizmente o Dr. Valdez teve que acudir a uma urgência, um doente em estado grave, mas virá no próximo domingo". Mas não. Achou Sá

Caetana que a visita poderia fazer bem à irmã, animá-la. E por isso deu aquela ordem que Vicente prontamente acatou.

Eram quatro horas da tarde quando a campainha tocou, sem que Sá Amélia tivesse dormido a sua sesta. Sá Caetana atribuiu esse desvio da rotina à excitação causada pela perspectiva da visita. "Agora ela vai serenar", pensou. Pôs de lado a costura suspirando, e disse:

— Essas mulheres das amêijoas escolhem sempre as horas mais impróprias.

Levantou-se e foi abrir.

Do outro lado perfilava-se um velho e novo Dr. Valdez. Menos exagerado no vestir talvez, excetuando uns óculos sem lentes, vermelhos, que lhe enchiam a cara. Vicente havia-os achado na praia uns dias antes, embalados pelas minúsculas ondas da maré vazia. Recolhera-os, achando que lhe confeririam um ar mais doutoral. Sá Caetana era mais cética a esse respeito.

— Ah, é o senhor?! Entre, Dr. Valdez — e virando-se para dentro: — Amélia, temos visitas.

Sá Amélia resmungou qualquer coisa imperceptível. Endireitou-se no sofá, deitou as mãos à cabeça para ajeitar os cabelos, e foi quase tudo.

Sá Caetana instalou o hóspede, sentou-se ela própria e esperou que a conversa ganhasse alento para poder retirar-se enfim para dentro.

O Dr. Valdez perguntou, mas só monossílabos lhe foram respondidos. Sá Caetana bem espicaçou, mas recebeu os mesmos resmungos curtos e dispersos. Sá Amélia não parecia disposta a mudar de humor naquela tarde.

— Bem, já que não queres conversar com o Dr. Valdez — disse Sá Caetana exasperada, dirigindo-se à irmã e procurando provocá-la —, já que insistes em ser inconveniente com as visitas, conversarei eu própria com ele.

Sá Amélia olhou pelo canto do olho, parecendo que ia ceder, mas logo voltou ao mesmo ensimesmamento de antes. Nada parecia demovê-la.

— Falamos nós os dois então — disse o Dr. Valdez. — Como vão as coisas por cá, minha senhora?

Sá Caetana é percorrida por um calafrio. Reconhece, desta vez, a voz do falecido Valdez. "Meu Deus!", pensa. "Como é parecida a voz deste com o verdadeiro!" É a mim que ele visa, o atrevido, esquecido já da combinação original. É a mim que ele sonda com voz melíflua. É a mim que ele quer acariciar não sei com que obscura intenção. Quase se enfurece quando pensa nas recriminações e avisos que vem fazendo a Vicente, e que ele sistematicamente ignora atrás de uma falsa subserviência. "Isto é uma brincadeira que fazemos para animar Sá Amélia, entendes, rapaz? Não te admito que me faltes ao respeito!" E ele, paciente, "Sim, Senhora Grande".

Mas lá vem de novo fazendo avanços, exibindo familiaridades. E, principalmente, apurando tanto uma técnica de imitação de alguém que não conhece que quase chega a ser perfeito. Se o pai dele ainda fosse vivo ela saberia bem o que fazer: mandá-lo-ia de volta a casa que era para ele aprender.

Mas Cosme Paulino está morto.

* * *

Sá Caetana sentiu deveras a morte do velho criado. Assim que soube dela, que a leu, começou por pensar nas cartas que passariam a faltar-lhe, essa doce melodia que o discurso do velho regularmente lhe trazia. Vagaroso, atento, dando conta dos mais ínfimos pormenores. Como se ela fosse cega e ele a levasse pela mão por entre as áleas de coqueiros, e houvesse uma brisa suave de fim de tarde. Como se fosse o que ele via e sentia colocado no papel, sem a mediação da escrita. O que não deixava de ser verdade, uma vez que Cosme Paulino não sabia escrever.

Sá Caetana quase conseguia ouvir a sua voz doce e rouca falando no cheiro verde bom das folhas matinais pingando orvalho, na falta de gente para lhe apanhar o coco, no dinheiro que seria tão bom que houvesse para reparar a junta que metia água no casco do velho barco, na doença que deu nos patos recém-nascidos. Quase via os pequenos patos ainda felpudos semeados pelo chão à medida que iam caindo, sem forças para caminhar. Pequenos novelos inertes como aqueles que tinha na cesta da costura, de uma mornidão já quase fria.

Tirava os óculos, fechava os olhos e via.

Depois, sentia uma ponta de irritação quando era assaltada pela possibilidade de uma interferência de Basílio Aliberto. "O que interessam agora os patos, ó Cosme?", imaginava-o dizendo, interrompendo a escrita do que o outro ia ditando. "Deixa lá os patos e dá-me notícias mais importantes para escrever." E Cosme timidamente insistindo, dizendo que enquanto ali viveu sempre a Senhora Grande deu atenção aos patos. Mas depois, pensando para dentro e algo mais inseguro: "Será que ela já não gosta dos patos, agora que se foi para a cidade?".

Só em último lugar pensou Sá Caetana que o desaparecimento de Paulino rompia o vínculo que ainda a unia às suas coisas. Às casas Grande e Pequena ou aos escombros que delas restavam. Ao coqueiral, que sentiu sempre mais próximo do falecido marido que o plantou, que de si própria que apenas o olhava de longe. Enfim, ao barco que apodrecia na praia sem ter quem por ele olhasse, às campas dos seus mortos, agora seguramente descuidadas, cheias de folhas velhas por cima. Campas de Ana Bessa, sua mãe, de *njungo* Araújo, seu marido, do irmãozinho que se foi ainda mal tinha nome, e tantos outros. "Quantos mortos ali deixei, meu Deus, e agora já não há quem cuide deles." Só no fim pensou nestas coisas e pessoas com um pensar mais material. Preferia-as no sonho pois era ali capaz de lhes alterar a ordem e o sentido conforme lhe fosse mais conveniente, conforme lhe desse menos desgosto.

Antes disso, muito antes, preocupou-se Sá Caetana com a maneira como daria a notícia. O caso de Maméia estava fora de questão. Simplesmente não a daria, convicta de que era notícia que não faria falta à irmã. Mesmo que ela perguntasse, como tantas vezes costumava fazer, estava Sá Caetana disposta a construir uma mentira, a tecê-la um pouco todos os dias à medida da sua imaginação. Porque se há verdades maldosas como mentiras há também mentiras nobres, mais nobres que grande parte das verdades.

Pelo menos assim pensava Sá Caetana, para quem Deus sempre esteve e estará acima da verdade. Mas Vicente? Como seria com Vicente? Via-o já de cabeça perdida, enterrada entre as mãos como o fazem quase sempre os filhos que perdem os pais, percebendo que já deixaram de ter para onde voltar sempre que onde estão lhes desagrade. "Deixa lá, rapaz", haveria de dizer-lhe, pondo-lhe a mão sobre o ombro para o proteger, acalmando-se também a si própria nesse gesto. "Deixa lá que eu tomo conta de ti." E timidamente ousaria acrescentar, "Afinal, somos ou não somos uma só família?". E Vicente aceitaria, pagando com a fatura daquela dor a entrada numa família, ainda que desirmanada, feita de restos de outras famílias que foram ficando para trás no longo caminho do tempo.

Aconteceu, porém, de maneira bem diferente. Sá Caetana decidiu-se finalmente a chamar o rapaz e a sentá-lo no sofá. Vicente obedeceu, desconfiando. Sabendo que algo de grave se passava pois só ali se sentara uma vez, e na qualidade de Dr. Valdez, nunca na de si próprio.

Sá Caetana cercou-o com falas e cuidados mansos, como uma cobra mamba que rondasse a presa, distinguindo-se dela apenas na intenção.

– Tenho coisas graves a dizer-te, Vicente.

E o pensamento dele já disparado. "Será porque saí de noite? Será que ela soube que eu bebi?"

– Diga, minha senhora.

– São notícias lá da terra. Do Mucojo.

Não era o fedor que trazia das noites lá de fora a causa daquele diálogo, e isso de certo modo serenou-o. Mas logo o seu pensamento se pôs ainda mais lesto, indo por um caminho diferente, ecoando-lhe na cabeça, fugindo de acreditar naquilo que tinha já a certeza de saber. E ganhando tempo, como se ainda não soubesse, tentando gozar um último momento de despreocupada ignorância: "Não me digas já, espera ainda um pouco para que eu possa despedir-me da minha tranquilidade antes de entrar nesse novo conhecimento que pressinto ser maldito; dá-me um momento antes de eu me ver obrigado a atravessar a porta que me colocas na frente."

– Que notícias são essas, Senhora Grande? – perguntou, sabendo já a resposta.

E ela, segura de que por vezes não nos resta senão sermos brutais:

– Foi o teu pai que nos deixou.

Vicente permaneceu imóvel por um bocado. Muito direito, os olhos fixos na parede branca à sua frente. Como se ela fosse um futuro e ele não soubesse ainda o que escrever nele. Sem saber se a notícia lhe reforçava o compromisso ("Servirás as senhoras como eu as serviria, ouviste?"), se o libertava dele. Prolongo-te o gesto para lá das tuas capacidades, meu pai, ou deixo-te enfim descansar?

Sá Caetana também se calou, dando-lhe tempo, sabendo que era de tempo que ele mais precisava naquele momento. Para mastigar a transição por que passava.

Por fim, mais sereno, Vicente perguntou:

– Como soube, senhora?

– Veio na carta que chegou. Queres que a leia?

– Quero sim, se faz favor.

Sá Caetana meteu a mão na cesta da costura e tirou de lá os óculos e a carta. Tossiu ligeiramente, preparando-se para ler, procurando aclarar a sua voz trêmula para a fazer parecer o mais possível com o que imaginava ser a voz de Basílio Aliberto, o relator da desgraça.

"E foi assim que o encontramos, minha senhora", dizia a carta. "Estendido no meio do quintal."

Aliberto recebera um sinal, sentira uma urgência de ver o primo e amigo, um impulso tão avassalador que o levara a partir por aqueles caminhos que não andavam nada bons, cheios de guerra e de surpresas más, ainda por cima levando consigo uma dor nas costas que o incomodava bastante e lhe tolhia os movimentos, fruto de uma vida inteira servindo atrás de uma secretária.

"Visto de longe tudo parecia normal", prosseguia o Aliberto. Foi entrando e batendo palmas (*"Hodi tata Cosme! Hodi! Hodi!"*), sem que lhe chegasse o *kalibu* usual. Depois, viu-o ali deitado e soube logo que morrera, percebeu a urgência que sentira lá atrás quando partira. E quando se chegou mais perto percebeu igualmente que não fora uma morte natural. Que tinham feito mal ao velho Cosme, pela posição e por alguns sinais que ostentava.

Sem que interrompesse a leitura, Sá Caetana censurou-se intimamente por não ter omitido aquela passagem. Mais valia que o rapaz fosse poupado aos pormenores, mais valia que soubesse apenas o essencial. Mas ele percebeu e disse:

– Continue, minha senhora.

Aliberto arrastou o corpo para a sala da Casa Pequena. Pedia desculpa pela invasão, num aparte, mas é que já não havia porta desde que combatentes e soldados portugueses cismavam em passar por ali, para infortúnio do pobre Cosme. Deixou-o assim mais protegido, embora as proteções já de pouco lhe servissem, e partiu desarvorado a pedir ajuda nas aldeias em redor. Verdade seja dita que todos responderam ao apelo. Veio gente de toda a parte porque o velho Cosme era, apesar de tudo, muito querido do povo (novo aparte de Aliberto, pedindo que Sá Caetana transmitisse o pormenor a Vicente).

Não puderam esperar mais porque o corpo estava já muito estragado, das sevícias e do tempo que esperou pela chegada do primo Aliberto. "Quero agora pedir desculpas à senhora", prosseguia, com mil cuidados, "por termos decidido enterrá-lo aqui mesmo no quintal da Casa Pequena apesar de nos ter faltado tempo para lhe pedir a devida autorização. Desculpo-me por isto — não sei se fizemos bem, se mal — mas a senhora há de compreender que esta, muito mais que qualquer outra, era a verdadeira casa do meu primo Cosme".

Não havia ali qualquer tom de desafio ou de censura, era apenas um reconhecimento terno dos caprichos do falecido. Sá Caetana desculpou, não só por compreender o argumento, mas também porque de alguma maneira Cosme poderia daquele modo continuar tomando conta das suas coisas mesmo para além da vida.

Em seguida, Aliberto descrevia com minúcia as providências tomadas. Na ausência de família mais direta, imposta pelo inesperado da situação, ele próprio untara o corpo do morto com os óleos. Depois, cavaram um grande buraco à sombra do renque de mangueiras onde Cosme gostava de descansar o seu franzino corpo enquanto vivo. Deitaram-no lá dentro, repousado sobre o braço esquerdo, com os pés virados para nascente e a cabeça para poente, lá de onde veio a nação maconde numa época recuada. O ritual foi assim seguido à risca; só a cara é que não pôde ficar virada para norte por a morte não ter sido natural. Ficou virada para sul, o que até nem será muito mau, porque deste modo ficou olhando na direção da cidade da Beira, onde vivem a Senhora Grande e Vicente, as pessoas que lhe eram mais preciosas.

A privacidade de toda a cerimônia ficou assegurada pelo carpir desabrido e lancinante das mulheres, enquanto os homens trabalhavam. Esse som manteve feras, combatentes e soldados portugueses à distância. Ouviam-no eles e perdiam a vontade de ir ver o que era.

"Regamos bem a terra da campa e plantamos um pé de árvore de numa por cima de onde deve estar a cabeça do defunto, como manda a tradição. Pensei muito no *ndona* que Cosme deveria levar consigo nesta viagem", explicava ainda o Aliberto. É que o pobre velho tomava conta de tanta coisa, mas na verdade pouco tinha que fosse seu. Foi então que o primo se lembrou das cartas da Senhora Grande, que *tata* Cosme guardava ciosamente junto à esteira onde dormia, embrulhadas numa tira de pano. "Enterrei-as junto com ele, e mais uma vez peço desculpa porque a urgência me não permitiu pedir-lhe primeiro a devida autorização."

Sá Caetana interrompeu levemente a leitura. Tranquilizava-a

o destino dado às cartas porque assim ficava preservada a privacidade daquela correspondência.

"Por fim, senhora", concluía o Aliberto, "entregamos à mãe dos irmãos de Vicente uma tira do pano negro que Cosme levou embrulhado, para que ela pudesse cumprir com o luto conforme obriga a tradição. Mais uma vez peço desculpa por tudo, e diga por favor a Vicente que fizemos o que foi possível, nas difíceis circunstâncias em que nos encontramos, para cumprir com a cerimônia dentro do maior respeito e dignidade merecidos pelo nosso Cosme Paulino, seu pai."

Terminava como já foi dito, "Sem outro assunto, e imerso ainda na tristeza deste", etc.

* * *

Tão impressionada estava Sá Caetana com as parecenças entre o Dr. Valdez e Vicente que até os espalhafatosos óculos de aros vermelhos lhe parecia não destoarem, colocando-os na face do verdadeiro Dr. Valdez que transportava na memória. Aos poucos acabava sendo o Dr. Valdez que imitava Vicente e não o contrário.

– Falemos então os dois, Dr. Valdez, já que a minha irmã persiste em se alhear – disse ela com uma ponta de agressividade que visava os dois, a irmã e a visita.

– Estou à sua disposição – respondeu o doutor.

– Comecemos então por falar de si.

A surpresa estampou-se no rosto do pobre Valdez, pelo inesperado rumo que Sá Caetana queria dar à conversa.

– Não há muito a dizer sobre mim, Sá Caetana – disse ele, cauteloso. E depois, parecendo conformado: – Mas pode perguntar que não fica sem resposta.

Era o atrevido Vicente dispondo-se a qualquer repto.

Sá Amélia, ao lado, desinteressava-se da conversa abanando para trás e para a frente o seu tronco pesado, quase disforme. Gemendo baixo.

– Diga-me então, meu amigo, por que é que nunca se casou?
– Que lhe posso responder?... – gaguejou o doutor. – Talvez por nunca ter surgido oportunidade. A senhora sabe como era o Ibo nessa altura. Meio pequeno, pouca gente distinta...

Valdez tinha dificuldade em avançar. Ou era Vicente debatendo-se com a sua ignorância relativamente às intimidades da vida do doutor, ou então este constrangendo-se.

Sá Caetana, divertida com as dificuldades que criava no interlocutor, fosse ele Valdez ou Vicente, não parecia disposta a dar tréguas a qualquer deles:

– Não terá sido porque lhe faltou coragem para se declarar a uma viúva bem colocada?

Valdez olhou-a em silêncio, de tal forma que Sá Caetana sentiu necessidade de precisar:

– Refiro-me à minha irmã, claro.
– Que ideia, Sá Caetana! Sempre gostei muito da sua irmã... Como amigo da família... E como médico, claro...
– Deixe-se disso, doutor. Tanto tempo já passou, não sei por que se defende. Seja sincero. Refiro-me à época em que ela ainda não estava doente.
– Não percebo...
– Então pensa que eu não sei? Esquece-se de que muitas vezes também eu lá estava de visita e via muito bem os olhares que os dois trocavam.

O Dr. Valdez tossiu ligeiramente.

– Olhe, Sá Caetana, a verdade é que eu visitava a sua irmã porque tinha pena dela. Estava sozinha, carente. Nem a família lhe prestava atenção – encontrava uma abertura, escapava-se por ela.

Sá Caetana empalideceu:

– Está muito enganado, doutor. Eu estive sempre disponível para ajudar a minha irmã.
– Será?

**

Maméia era órfã do despachante encartado indiano; Caetaninha tinha pai. Enquanto durou, a relação entre Caetaninha e seu pai foi sempre muito especial. Wolf era rígido e pouco expansivo, é certo, mas quando lidava com a filha iluminava-se. Era um alemão irradiando luz que corria atrás da criança de braços abertos, silvando como uma locomotiva, num jogo particular que tinha só com Caetaninha. Ana Bessa constrangia-se com essas manifestações peculiares do marido ("Caetaninha já não tem idade para essas brincadeiras", dizia-lhe, "e muito menos tu", pensava), enquanto os criados se admiravam com esses caprichos do patrão. Na verdade, era estranha num prussiano aquela atitude de se pôr de quatro ladrando pela sala, tentando morder Caetaninha que fugia dando gritinhos, enquanto todos assistiam abismados.

Certa vez Wolf viajou para Mtwara, a negócios – tinha-os misteriosos, obrigando-o a frequentes deslocações. Os primeiros dias em que esteve ausente passou-os Caetaninha lavada em lágrimas, julgando como sempre que era aquela a separação definitiva que lhe estava reservada no futuro. Maméia, mais velha, procurava consolá-la.

– Deixa estar, maninha – dizia –, eu também não tenho pai e não choro, vês? Tu só ficas assim uns dias enquanto eu é para toda a vida.

Caetana surpreendeu-se com a valentia da irmã e resolveu ser valente ela também. Fez um esforço para deixar de chorar.

Passado pouco tempo o alemão regressou. Chegou num fim de tarde quando as crianças brincavam na varanda com a criada. Interromperam então o que faziam para olhar o vulto curto e maciço que se aproximava com as mãos atrás das costas.

– Como se portou a minha *fräulein*? – foi a primeira coisa que disse, dos degraus.

Todos lhe responderam que Caetaninha se portara muito bem, com valentia e sem choros.

Wolf retirou as mãos de trás das costas e disse:
– Então, como se portou bem merece o presente que trago para ela – e estendeu-lhe uma caixa de cartão atada por uma vistosa fita.

Caetaninha correu para ele, tirou-lhe a caixa das mãos, abriu-a apressadamente, rasgando tudo pelo caminho, e descobriu lá dentro uma boneca de porcelana esplendorosa, muito branca, com um vestido de cetim cor-de-rosa e longos cabelos louros.

Todos se acercaram, maravilhados. Maméia e a criada, que nunca tinham visto coisa igual, exclamavam alto. Que diferença das pequenas estatuetas de pau-preto que pululavam pela casa! Em terra de escultores e estatuetas escuras e secas, que por serem tantas se tornavam feias e vulgares, mais contrastava o real valor daquele pequeno milagre. Caetaninha, orgulhosa, passeava-se na varanda para cá e para lá com a boneca nos braços.

– Vejam o que o meu pai me deu! Vejam o que o meu pai me deu! – dizia, saltitando.

E Maméia e Nastácia, as duas ainda em idade de gostar de bonecas (e não se gosta a vida toda?), abriam muito os olhos e tapavam a boca com as mãos sem sequer ousar pedir a Caetaninha que lhes deixasse ali tocar.

À noite, depois da ceia, gostava o casal de ficar um pouco à varanda olhando as estrelas, sentindo a frescura da brisa, ouvindo o sussurro do mar. Vultos cinzentos ao luar, ou invisíveis se a lua era nova, dissolvidos na escuridão, localizáveis apenas pelas vozes respectivas trocando impressões tranquilas: a de Ana Bessa soando a um contínuo ranger suave da cadeira de palhinha, a de Wolf cheirando ao tabaco acre do cachimbo. Ana Bessa falava do que se passava em casa e no quintal, Wolf dos seus negócios, permitindo-se até contar algum episódio das suas misteriosas viagens se estava bem-disposto.

Nesse dia o alemão deixou que Caetaninha ficasse até mais tarde aninhada no seu colo, com a boneca nos braços. A felicidade dela era uma espécie de triunfo seu. E quando a criança fechou os olhos para sentir melhor a alegria que lhe ia por dentro, pensaram os pais que estava dormindo. Foi então que Caetaninha ouviu Ana Bessa censurando o marido, dizendo-lhe que podia ao menos ter trazido qualquer coisa para Maméia, uma saia, um vestido, uma pequena caixa de chocolates até, algo que esbatesse a diferença que se ia cavando todos os dias e se estava já tornando manifesta.

Wolf mantinha um silêncio de pedra atrás do seu cachimbo, um silêncio que queria dizer que Maméia não era problema seu. Maméia é uma sombra entre mim e ti, uma prova de que o ciúme é um estado intemporal, que se acende no presente, mas queima também o passado. Wolf remoía na memória a figura do pobre despachante indiano que fizera Maméia em Ana Bessa, e que ele nem sequer chegara a conhecer. No fundo, censurava-se por não ter entrado mais cedo na vida da bela mulher. Enigmático alemão que conseguia amar tão profundamente Ana Bessa e ignorar por completo aquele fruto de um amor prévio que ainda assim não deixava de ser dela!

Nos dias que se seguiram Ana Bessa passava pelo marido como cega, sem o ver, como se quisesse assim vincar o ridículo da sua estatura irrelevante. Como surda também, surda às interpelações cabisbaixas de quem quer reconquistar um lugar que já teve sem ceder. E ainda muda, sem retorquir a essas súplicas.

Caetaninha censurava intimamente a atitude da mãe, embora sem chegar ao ponto de pedir a Deus que lhe fizesse algum mal: aprendera já, de quando ia afogando a irmã, que a Deus não se pede nem com Ele se brinca, e que as palavras podem ter tanto alcance quanto os atos. Entretanto, amava o pai com uma intensidade que nunca mais voltou a experimentar. Era feliz.

Enquanto Maméia passava por tudo isto brincando com Nastácia e com as velhas bonecas de pau e de trapos, sem reparar no que ia em volta, Caetaninha, agarrada à boneca de porcelana, fundava alegrias e vitórias em terrenos movediços, diligentemente edificando o seu futuro arrependimento.

* * *

O Dr. Valdez encara a interlocutora com alguma dureza:
— Nunca ninguém gostou da sua irmã de verdade, Sá Caetana. Ela ficou sem pai muito cedo e não recebeu nada da vida em troca.

Tal como eu, que deixei que o meu morresse defendendo o que não era dele (ia quase acrescentando Vicente, fazendo já jogo sujo porque misturava tudo, metendo uns bigodes de algodão no filho do falecido Cosme Paulino, enfiando a alma deste no corpo velho do doutor). Talvez tenha sido por isso que eu, Valdez, devotava tanta simpatia à sua irmã, se quer saber. E a senhora devia sabê-lo melhor do que ninguém uma vez que o seu pai também acabou ele próprio por se esfumar diante das balas dos ingleses. A senhora deveria sabê-lo embora tenha tido um pouco mais de tempo do que Amélia e Vicente, coitados, para gozar da presença do seu pai.

— A minha irmã sempre foi mais rica do que eu! — atalhou Sá Caetana desconversando, afastando-se dos caminhos por onde o outro a queria levar. — O doutor nem imagina as dificuldades por que eu e o meu falecido marido tivemos que passar para ampliar o minúsculo coqueiral que a minha mãe me deixou. Enquanto isso Amélia estava casada com um homem rico e não sabia o que fazer ao dinheiro.

— O que é a riqueza, minha senhora? — volveu o doutor, insistindo. — A senhora também perdeu o pai, mas teve-o mais tempo que a sua irmã. Assim como o marido, mas também o teve mais tempo que a sua irmã. A riqueza é o tempo que temos para usufruir dos prazeres. A senhora sempre teve um pouco mais desse tempo do que ela. Sempre foi, portanto, muito mais rica do que ela. E quanto à saúde? De saúde nem se fala. A senhora sempre teve muito mais tempo para usufruir do prazer da saúde.

Sá Amélia, pelo contrário, o tempo que lhe sobrou foi para conviver com a doença, com a dor e a loucura.

Sá Caetana levanta-se e põe-se a caminhar pela sala. Entrincheira-se agora num último reduto:

– Há que reconhecer ao menos, doutor, que Amélia tem hoje muito menos responsabilidades do que eu! – afirmou, quase gritando. – Ela pode perder-se num passado que a mim me é vedado. Eu, pelo contrário, tenho que estar atenta ao presente para que esta família possa sobreviver.

Mas lamentavelmente nem neste ponto o Dr. Valdez lhe podia dar razão:

– Engana-se, Sá Caetana. Diz que vive para manter a sua irmã viva, mas é Sá Amélia, sem o saber, quem mantém esta família funcionando.

Morresse ela e deixava de ser preciso o criado. Desaparecesse ela e Sá Caetana ficava só. Soava isto como uma definitiva conclusão. Uma ameaça.

Os três ficaram em silêncio durante muito tempo, enquanto essa ameaça se dissolvia no ar. Em Sá Amélia, que se mantivera alheada durante toda a tarde, compreendia-se esse silêncio. Mais pesado era o silêncio dos outros dois. Sá Caetana respirava com dificuldade e fôlego curto, refletindo nas palavras do doutor e em outras que se multiplicavam no seu íntimo. Olhava os motivos florais do tapete no chão, procurando perder-se nos seus meandros para assim recuperar a serenidade e o controle. Enrolava os dedos das mãos uns nos outros, sentindo falta das suas agulhas e dos seus panos.

– Por que me odeia tanto, doutor? – acabou por perguntar em voz sumida.

Valdez também parecia embaraçado. Não tanto por ter ido longe demais nas suas acusações, mas porque há constrangimentos que são tão grandes que além de embeberem quem os tem salpicam ainda os outros que estão em volta. O doutor sentia como seu o embaraço da interlocutora. Como se a exposição de

Sá Caetana fosse também, em parte, um desnudamento seu. E essa nudez fazia-lhe frio.

* * *

Com o tempo e os esforços de Sabonete, sempre pronto a ensaboar as más disposições de Jeremias, passou Vicente a estar mais próximo dos dois criados dos vizinhos. Primeiro com alguma desconfiança e despeito do segundo, por fim quase naturalmente, embora persistissem determinadas distâncias entre os dois que Sabonete, sempre atento, se esforçava por encurtar.

– Deixa o miúdo em paz – não se cansava de repetir a Jeremias em privado, sempre que este se deixava inflamar pela velha animosidade.

Enquanto que a Vicente dizia-lhe que tivesse paciência, que Jeremias era casmurro mas bom rapaz, e no final acabaria por ceder. Assim aconteceu de fato, certa vez em que o próprio Jeremias tomou a iniciativa.

– Sabonete – disse –, convida o miúdo a sair conosco neste fim de semana. É tempo de ele aprender a ser adulto.

Sabonete fez prontamente o que o outro sugeria.

Saíram os três no domingo seguinte, na altura em que os ecos do relato de futebol varam a tarde com o seu ubíquo eco, e que os patrões afrouxam a vigilância tombando absortos nas suas sestas. É a essa altura, de suprema tranquilidade e indolência, que os criados aproveitam para soltar as suas fantasias, não sem que antes procedam, claro, a minucioso preparativo.

Vicente vê como os companheiros se aprontam nos pequenos quartos das traseiras, penteando furiosamente as bastas cabeleiras com grossos pentes de ferro, para a frente, para a frente até que se forme ostensiva popa, aguçada e rígida como a proa de um navio. É para sulcar melhor os ares da noite que nos espera, graceja, enigmático, o olhar de Sabonete. Para melhor navegarmos na nossa folga. Vê como retiram as respectivas camisas dos cabides de arame pendendo de um prego cravado na parede – uma azul-celeste, outra amarelo-vivo –, festivas e imponentes como bandeiras. Como vestem as calças negro-azeviche à boca de sino, com cós de oito botões brancos que sobressaem como pequeninas luzes na escuridão, tudo impecável e clandestinamente passado a ferro com o ferro com que passam a roupa dos patrões. Equipam-se com mil cuidados para evitar a humilhação de um vinco, a indelével maldição de uma nódoa. Finalmente, calçam os sapatos pretos de verniz com o lustro puxado com tal fúria que quase mudam de cor, quase ficam vermelhos da cor do fogo. E bicudos, para perfurar a noite por baixo como as popas aguçadas a perfurarão por cima.

Vê como se perfilam à entrada – Jeremias amarelo-vivo, Sabonete azul-celeste –, sacerdotes prontos a executar uma estranha liturgia que os redima da servil monotonia da semana. E Vicente sentindo-se um patinho feio, um parente pobre ao lado dos seus iluminados companheiros. Com as suas calças cinzentas, a sua camisa cinzenta, os seus velhos sapatos cinzentos. Tudo cansado, tudo sem intenção nem idade. Ouvindo Jeremias dizendo para o outro que "O miúdo, vestido assim, ainda nos vai desvalorizar a todos", e Sabonete respondendo baixo, "Deixa-o lá, Jeremias, que com o tempo ele acaba por melhorar".

Vicente, arrependido já do esforço despendido para ser como o Dr. Valdez, do tempo gasto com um velho barco apodrecido jazendo na areia, que, a espaços, pateticamente enfuna as velas rotas pretendendo ainda navegar. Quanto desse esforço poderia ter sido dirigido noutra direção com muito mais proveito!

Saíram os três naquele domingo à tarde, festivo como o são todos os domingos. Aguardaram na paragem que o machimbombo 1A chegasse, o rádio pousado sobre a anca, a antena espetada, o som roufenho e indiscreto transbordando. Subiram quando o machimbombo 1A chegou e parou, sentando-se nas traseiras que é onde se sentam os pretos, mesmo os pretos iluminados. Atravessaram a cidade, um machimbombo 1A cheio de gente cinzenta, apenas dois pontos de luz irradiando das traseiras – Sabonete e Jeremias –, entre eles um mero aprendiz procurando também voar.

Vaguearam pela cidade olhando as montras, exercitando a imaginação, cozinhando o desejo em lume brando. Boate Primavera, apresentando Zamina, bailarina oriental, grande cartaz nos principais cassinos da Europa; Minita, bailarina acrobática, exímia em números *sexy*; Irene Santos, *strip-teaser* portuguesa; Erleny, contorcionista brasileira. Todas elas revelando e escondendo os atributos, prometendo e retirando nos cartazes coloridos, convidando quem pode entrar para mais tarde, quando a noite se animar. Promessas, só promessas.

– Comida de branco – diz Jeremias, despeitado.

Rumaram depois aos terreiros da Chipangara, o calor do seu som soltando-se em ondas aos quatro ventos, anunciando o fervor do Samba Tsetsa-Tilo que se dança com humores alternados, ora batendo violentamente os pés no chão para levantar uma poeira dourada, ora voando levemente por cima dele como se estivéssemos afagando a terra.

Pagaram o bilhete e entraram.

Era o tempo em que as *kwellas* "arruma-cadeira", vindas diretamente de Lourenço Marques para benefício do público apreciador da Beira – dizia o anúncio – invadiam a cidade. E o público apreciador da Beira, por uma vez e sem exemplo, punha de lado o despeito e aceitava as novidades que vinham da capital. Por amor à arte. Por amor à música e à dança, que as tinha no corpo, debaixo da pele, como uma doença incurável. E as meninas bailarinas da senhora Adelaide Maria Zefanias, recém-chegadas do longínquo Sul, aproveitavam essa momentânea benevolência, dessa vez e sem exemplo, e perfilavam-se em frente à massa escura e expectante como potras nervosas sacudindo os membros para os exercitar, recebendo, alinhadas, os últimos olhares severos da exigente patroa, amiga da perfeição. Explodiam depois, suportadas pelo som frenético do conjunto musical 2M, as nádegas tremeluzentes "mexe-panela" mostrando aquilo que valiam, provando à massa de que eram feitas. Alinhadíssimas, coordenadíssimas, subindo à direita, escorregando à esquerda, mal tapadas pelos trajes de verão – um portento!

"Por onde andaste ontem à noite, rapaz?", perguntará Sá Caetana no dia seguinte ao encabulado Vicente. "Eu bem ouvi barulho às três da manhã. Onde se viu, os criados acordarem os patrões!?". E Vicente gaguejando, sem poder explicar que fora a noite da sua primeira bebedeira, que se deslumbrara de três maneiras distintas: primeiro, por ter descoberto uma nova amizade com Jeremias, sabedor, experiente, cruzando pelas novidades como se as conhecesse há muito tempo; depois, consolidando uma outra que já existia com um azul-celeste Sabonete, com o seu bom senso e uma prudência quase medrosa, sempre explicando-lhe os mínimos detalhes para que o neófito não se perdesse e pudesse gozar também; e finalmente, deslumbrara-se com a realidade toda inteira, feita de bailarinas de sonho mas também de sons e luzes, de ritmo e movimento, de cervejas escorrendo pelas gargantas, pela sua garganta, entorpecendo-lhe os braços e as pernas, os pés e as mãos, chegando-lhe às extremidades e à cabeça, fazendo-lhe ver as coisas de uma forma nova. Sem poder explicar que por estar assim, dessa maneira, tropeçara na lata de petróleo que lhe serve de assento ao jantar, fazendo fugir pelo muro o gato preto que ali costuma andar aos restos. Também porque estava escuro, porque estava bêbado e os bêbados não têm olhos, limitam-se a exalar lamentações. Porque não tinha ainda a prudência de Sabonete, que sabe suspender o gesto de ficar bêbado em vésperas de este se consumar, nem a experiência de Jeremias, que mesmo bêbado sabe exalar as suas lamentações em silêncio, sabe cambalear em silêncio, ver sem ver, como se tivesse os olhos nas mãos enquanto o normal nos bêbados é tê-las a elas nos olhos e na cabeça, que mesmo bêbado era o seu novo e amarelo-vivo amigo capaz de vomitar em silêncio, ou quase, deixando escapar apenas um ruidozinho cavo e ritmado que facilmente se confunde com o piar do mocho, com o ronronar da canalização adormecida, com o latido surdo dos cães rafeiros cheios de frio, retirando ao ar qualquer suspeita.

Sá Caetana, esfíngica, duvidando.

Vicente de boca aberta e os amigos rindo, empurrando-o para a roda. O miúdo resistindo tímido, eles insistindo para tirar novas risadas daquela sua humilhação. Mesmo assim risadas amigáveis de quem assiste orgulhoso à sua obra, à obra de ver um rapazinho crescer, a caminho de ser homem como eles. E Maria Camba Françoise, dançarina local que até danças do estrangeiro sabe dançar, empurrada por Jeremias, puxando Vicente pelo braço. "Como te chamas, miúdo", e Vicente, "Sou Vicente Paulino", e ela "Chega-me o primeiro nome que não quero nada com o teu pai", e todos rindo. Vicente rindo também, apesar da fugaz passagem da sombra do velho Cosme.

Maria Camba Françoise, bela, torneada, grosseira e maliciosa ao mesmo tempo, sempre de cigarro nos lábios, as unhas vermelho-escuras, os lábios vermelho-escuros, a alma escura, o corpo escuro. E Vicente deixando-se levar, trôpego, cambaleando, rindo também de si próprio como os outros para poder tornar-se igual a eles, reparando que a sua roupa, a princípio tão cinzenta, se vai também ela iluminando, sem saber que não é dela, que é das luzes que rodopiam, que derramam e a vão embebendo. Vicente deixando cair essa roupa.

Maria Camba Françoise. Vicente tombando de borco nessa escuridão.

* * *

Uma só vez, que esteja registrado na memória, deixou Maméia de ser como era sempre. Foi num dia em que por qualquer razão Caetaninha adormeceu mais cedo do que o habitual. Talvez porque tivesse corrido e brincado mais do que a conta durante o dia, talvez porque a noite tivesse chegado fresca, convidando ao sono. Foi então que Nastácia, passando pelo corredor a caminho de um recado, olhou pela porta entreaberta e viu a pequena patroa descaída, respirando tão tranquilamente que só se podia notar que respirava pela levíssima e ritmada agitação de um caracol de cabelo que tinha pousado na face. Nos seus braços, meio tombada de lado e dormindo como a dona, a pequena boneca de porcelana, também ela com caracóis, embora mais louros e mais imóveis, sem respirar.

Pensava Caetaninha que ao adormecer assim o mundo também se suspendia, parado no escuro enquanto ela dormisse, como uma lâmpada apagada esperando que ela acordasse para acender-se outra vez. Pelo menos assim lhe explicara o pai, certa vez em que gatinhando e silvando veloz pela sala a conseguira apanhar.

A realidade era, contudo, bem diferente, uma vez que a noite mesmo sem Caetaninha continuava funcionando. Nastácia olhou-as por um momento mais, a ela e à boneca – uma respirando muito ao de leve, a outra nem sequer respirando –, e deu meia volta no corredor, esquecida já do tal recado. Correu à sala onde Maméia ainda brincava com a sua minúscula população de pau-preto, tardando em ir deitar-se. Baixou-se e segredou-lhe a sua ideia. E essa ideia era de juntar os bonecos escuros espalhados pelo chão com a boneca loura que dormia lá na cama.

Entretanto, no quarto dos patrões e à porta fechada, o alemão procurava convencer Ana Bessa a voltarem aos modos antigos, que as coisas ficassem como antes, saudoso já dos carinhos e delícias que só ela sabia proporcionar quando estava bem-disposta. Wolf gemia o seu vozeirão, espremendo-o num falsete humilde e desejoso, mas Ana Bessa nem ouvia, inexpugnável, olhando o teto. Uma fortaleza que levaria muito tempo a ser tomada.

Exatamente o tempo de que Nastácia e Maméia precisavam para pôr em prática o seu plano. Fizeram-no entrando pé ante pé no quarto de Caetaninha e tirando-lhe a boneca de porcelana dos braços. Caetaninha moveu-se, deixou escapar dois ou três resmungos impacientes, talvez porque no sonho a boneca não se comportasse como devia, mas aninhou-se numa nova posição e foi tudo. Continuou a dormir sonhando, carrancuda, com uma boneca de porcelana que lhe fugia dos braços.

Brincaram na sala, suspendendo os gestos e a respiração sempre que ouviam, atrás da porta fechada do quarto, uma voz grossa implorando e um silêncio de Ana Bessa recusando, nas difíceis e intermináveis negociações que prosseguiam. No quarto seguinte, Caetaninha dormia sem de nada suspeitar. Como se disse, estava o mundo suspenso para ela, estava a luz do mundo apagada.

Até que a desgraça aconteceu. Maméia queria a boneca, Nastácia também. Esquecia-se a criada das hierarquias sempre que estava a sós com Maméia, e esta não as cobrava. Puxaram as duas cada uma por seu braço da boneca, que não tinha voz para chamar por Caetaninha que lhe viesse acudir. Até que uma delas largou – ou as duas, nunca se soube ao certo – e a boneca estrangeira caiu no chão com o ruído estridente de louça que se parte.

Gelaram ambas, de boca aberta, olhando muito para o que haviam feito, sem saber como acontecera, sem conseguir pensar no que fazer para o remediar. Andaram por um momento para cá e para lá enquanto os bonecos de pau-preto, antecipando a desgraça, rolavam para debaixo das mesas e para trás das cadeiras, não querendo estar presentes para testemunhar o que adivinhavam ir seguir-se.

Quis a desdita que a porta fechada se abrisse nessa altura. Era o alemão que avançava carrancudo para a cozinha a beber um copo de água, em camisa de dormir e barrete na cabeça. Ainda não fora desta que as pazes com Ana Bessa ficavam feitas, ainda não fora desta que a convencera. Estranhou a luz da sala ainda acesa àquela hora, mais surpreso ficou quando viu as raparigas ali plantadas, olhando-o como se o mundo fosse acabar. Demorou o alemão algum tempo a perceber: era tarde, tinha sede, vinha ainda com a cabeça na recusa de Ana Bessa. Porém, depois de varrer o aposento com os seus olhos frios, o inevitável aconteceu. Ficou-lhe a face rósea, depois vermelho escura, e finalmente deu um urro formidável que abalou a casa inteira, acordando quem dormia, fazendo com que se acendessem luzes nas dependências da criadagem, com que levantassem voo os pássaros noturnos pendurados na folhagem.

Acudiram todos de rompante: os criados lá de fora com Cosme Paulino na frente, julgando que acontecia ali uma grande tragédia e quase acertando; Caetaninha, estremunhada, chorando de susto em entrecortados soluços (chorará mais tarde a valer quando souber a que se deve toda aquela agitação); enfim, uma Ana Bessa sempre bela e desejada, perguntando-se o que mais estaria Wolf inventando. Autoritária, foi ela quem impôs o protagonismo em sua casa, enquanto o alemão, fumando o seu cachimbo, passava ao escuro da varanda onde ficou caminhando para lá e para cá. Vulto tenso e apressado, deixando atrás de si um rasto de fumo que se dissolvia na noite.

Mas antes disso avaliaram os estragos: uma orelha esmigalhada, feita em mil bocados espalhados pelo chão. Cobrindo-se a face da boneca com os caracóis dourados, e estando razoavelmente escuro, permanecia ela quase tão bela como antes; mas quando a mazela ficava a descoberto – horrível cicatriz que lhe conferia um tosco esgar – surgia desfigurada e feia, mais próxima dos bonecos de pau-preto com os quais era inevitável que viesse a conviver.

Houve, claro, que acalmar uma Caetaninha possessa, exigindo de Deus terríveis maldições e vinganças, fora de si. Conseguiu-o Wolf antes de se ausentar para a varanda, com a ajuda de um chá de tília que apesar das circunstâncias Nastácia conseguiu trazer da cozinha. E com promessas, muitas e repetidas, de uma legião de bonecas futuras, tão loiras, tão estrangeiras e tão belas quanto aquela havia sido antes do trágico acidente. Promessas que, como se sabe, ficaram por cumprir, dado que poucos dias depois o alemão haveria de fugir.

Por fim a punição, depois de concluído o balanço dos estragos e o apuramento das responsabilidades. O castigo, infligido por

Ana Bessa. Primeiro Maméia, embora fosse tão culpada quanto a outra (Nastácia, como criada, vinha sempre em segundo lugar, e, portanto, em segundo lugar seria também castigada). Ana Bessa levou Maméia para o quarto e bateu-lhe com violência. Bateu-lhe porque a amava, para que não fosse Wolf a fazê-lo. Bateu-lhe para que se defendesse em vez de ficar a olhá-la com olhos de sapo muito abertos e uma boca de garoupa. Bateu-lhe para que Maméia gritasse e esse grito abafasse o choro de Caetaninha, que a mãe já não podia ouvir. Bateu-lhe por ter suspendido a reconciliação com Wolf, que quase se consumava quando a boneca se quebrou. Bateu-lhe, até, sem saber bem por quê. Bateu-lhe. Bateu-lhe até que a madrugada chegasse e as surpreendesse abraçadas uma à outra, Ana Bessa chorando muito e Maméia espantada, olhando a mãe com olhos secos e uma boca de garoupa que abria e que fechava.

Uma só vez, que esteja registrado na memória, fugiu Maméia desta forma tão clara à obediência. Uma só vez, também, Ana Bessa lhe bateu. Dias depois, quando Wolf deixou aquela casa, uma só vez levantou Caetaninha aquela terrível acusação, culpando a irmã do caso. Fora o comportamento de Maméia (a sua existência, queria talvez dizer) que levara o alemão a partir.

Maméia ficou a olhar a meia-irmã sem reagir: estava-lhe na natureza essa permanente perplexidade. Ana Bessa, pelo contrário, estremeceu com o que ouvia e quase acreditou. Mas logo voltou ao que era, uma mulher que além de bela era também clarividente. E bateu em Caetaninha, zangada, embora sem a violência com que batera em Maméia uns dias antes. Afinal, se Maméia precisava de justiça, Caetaninha sofria a perda recente do seu pai.

* * *

O silêncio nunca é eterno, o sal na boca nunca é definitivo. Aos poucos foi-se macerando o embaraço de Sá Caetana. E à medida que esse embaraço se dissolvia, instalava-se uma ponta de cólera no seu lugar. Aos poucos regressava a firmeza às suas trêmulas mãos. Aos poucos a severidade de sempre tomava conta do seu semblante e Sá Caetana voltava a ser a Senhora Grande.

– Com toda esta conversa nem lhe perguntei se toma alguma coisa, Dr. Valdez – disse ela friamente.

– Com o calor que está eu aceitava uma cerveja fresca – era Vicente tentando desanuviar, mas sempre provocando.

Sá Caetana encarou-o, levantando-se. Por um momento pareceu que ia satisfazer o seu desejo. Mas parou a meio. Claramente que Vicente passava das marcas. Virou-se e disse:

– Bem, Dr. Valdez, pensando bem talvez já seja tarde – a sua voz soava alta, um pouco descontrolada. – Parece-me que a minha irmã está fatigada. É tempo de preparar as coisas para que ela possa ir deitar-se.

– Se ele quer uma cerveja, dá-lhe uma cerveja, irmã. Nunca se nega nada às visitas – disse Sá Amélia do seu canto, intervindo pela primeira vez naquela tarde.

Mas Sá Caetana permaneceu inflexível na decisão já tomada de cortar cerce todo aquele jogo. Encarou-o com um olhar definitivo. Vai-te daqui, insolente criatura, que o que trazes de mau é muito mais forte que o bem que nos possas fazer. Volta para o tempo recôndito de onde vieste. As memórias querem-se nessa periferia onde as podemos controlar; passamos bem sem os sobressaltos da sua rebeldia. Não as queremos aqui neste limbo onde podem ser reescritas porque ao fazê-lo corremos o risco de ser engolidos por elas. Volta para o teu lugar, velho amigo, porque aqui te vais aos poucos tornando inimigo.

Expulsava-o de casa, talvez para sempre.

O Dr. Valdez percebeu e levantou-se, desistindo da cerveja. Cofiou ligeiramente o bigode de algodão, alinhou o vinco dos calções. Com dois passos acercou-se de Sá Amélia, dobrando-se ligeiramente para lhe beijar a mão.

A velha senhora adivinhou-lhe a intenção e recuou as mãos para o colo com um fragor das suas incontáveis pulseiras. Apesar de alheada da conversa, sentira a hostilidade entre ele e a irmã, e escolhia o seu campo. Ou então talvez tivesse percebido tudo e concluído que era melhor não trocar este presente, por pior que fosse, pelo risco de ajustar contas com o passado. Conhecia bem Sá Caetana, guardava-lhe um medo antigo. Atirada para a margem da lógica das coisas, há muito que abdicara da exigência de que lhe fosse feita justiça.

Ao Dr. Valdez, desapontado, só restou por isso contentar--se com um aceno de despedida, para salvar a face. Virou-se para Sá Caetana, tentando novo gesto que traduzia a mesma intenção. Esta, altiva, não lhe negou a mão que ele beijou levemente. Ficaram os dois assim um bocado, Sá Caetana muito direita, o Dr. Valdez ligeiramente curvado. A ela agradava este formalismo cortês, que Vicente reiterasse assim o reconhecimento da sua autoridade.

– Até qualquer dia, Dr. Valdez – acabou ela por dizer, acrescentando um pouco grosseiramente: – E se vir o meu criado aí à entrada, diga-lhe que entre que já são horas.

Vicente retirou-se em passos largos. Atravessou o quintal correndo, penetrou no exíguo quarto e rapidamente mudou de roupa. Estava atrasado. Entrou depois pela porta da cozinha assobiando como sempre, procurando sacudir para longe o mal-estar que se instalara.

– És maluco, rapaz? – Sá Caetana, que preparava já a sopa da irmã, fuzilou-o com os olhos e as palavras.

– Que fiz eu, senhora? – respondeu Vicente, surpreso.

– Então voltas de avental sem tirar os bigodes?

Vicente deitou as mãos à cara e verificou que ainda lá tinha os bigodes de algodão, nos olhos os aros vermelhos.

– Já volto – disse ele, tornando a sair a correr.

Felizmente Sá Amélia nada vira. E enquanto esperava que a água fervesse na chaleira, Sá Caetana matutava. Teria sido um simples esquecimento? Ou, pelo contrário, um sinal de que Vicente se afeiçoava tanto ao Dr. Valdez, se sentia tão confortável vestindo aquela pele mais clara, gozando os privilégios que ela lhe trazia, que lhe custava voltar a ser de novo o simples criado que era? "Miúdo malandro", resmungou, deitando no bule do chá a água a ferver.

Tomou o seu chá com vagar enquanto Vicente deitava a patroinha. Em seguida, quando o rapaz se retirou, deu a volta à casa para apagar as luzes e certificar-se de que as portas estavam trancadas.

Estava exausta, precisava de descansar.

* * *

Que faz do seu corpo uma mulher com a idade de Sá Caetana? Uma mulher que já foi bela, embora não tanto quanto a sua mãe Ana Bessa? Que faz do seu corpo uma mulher dessas, que não teve o privilégio de partir para a fantasia como a sua irmã feia Sá Amélia, ficando, portanto, condenada à rasteira lucidez? Que faz desse invólucro de onde o desejo emigrou? E será que emigrou mesmo e aquele formigueiro é lembrança, aquele torpor é memória?

Sá Caetana já terminou os seus afazeres. Maméia repousa a sono solto na cama ao lado; nada parece perturbá-la. Vicente já se foi e deve estar conversando no quintal com os criados dos vizinhos, sofrendo más influências manifestas depois enquanto é criado, enquanto é doutor. A cozinha está escura e limpa. O silêncio é total se nele se incluírem o ronronar do frigorífico, o tic-tac do relógio da sala, a torneira que pinga no lavatório.

Escova repetidamente um cabelo que já foi sedoso e negro, com largas e fortes ondas, hoje mais ralo e grisalho. Goza a meia hora diária em que se permite tê-lo solto. Não para lhe reavivar o brilho, mas tão-somente pelo prazer que tira do arranhar leve da escova no couro-cabeludo. O cabelo assim esticado, puxado para trás, faz-lhe crescer a testa, pensa ela, olhando-se no espelho. Franze o sobrolho: ali estão as duas veias que não cessam de aumentar. Veias de preocupação. Uma foi Maméia quem a criou, a outra Vicente. "Malandros os dois", pensa e sorri, com uma espécie de ternura. Ao levantar a mão para as afagar nota a carne ressequida pendendo do seu braço, quase uma pele. Ligeiramente áspera, de onde se desprendem pequeníssimas escamas. "Será que é assim que nos vamos?", pergunta-se Sá Caetana, "deixando bocados de nós mesmos pelo mundo, pelas terras por onde passamos? Perdendo escamas como os peixes do mar?". Quanto dela terá deixado no Ibo? E no Mucojo? Quanto lhe resta ainda para deixar aqui nesta cidade que quase cabe inteirinha no pequeno apartamento de onde nunca sai? "Quanto de mim falta ainda desprender-se até que o que fica não chegue para fazer o corpo funcionar?".

Sorri com tristeza. "Será que é mesmo assim que nos vamos apagando?".

Benze-se para afastar esses pensamentos pagãos. Em seguida, agita um pequeno frasco com um unguento quase líquido que trouxe da sua terra: azeite de Portugal, outro tanto de óleo de coco para lhe aclarar a cor verde-escura, alguma pasta de abacate, sementes de gergelim e cardamomo, um pau de canela, alguns cravinhos, um pouco de tamarindo para lhe trazer acidez, uma ponta de piripiri língua-de-pássaro para despertar, uma folha de chá-príncipe pilada com raspas de limão e hortelã, pétalas de várias flores para rematar com cheiro bom. Deixa que pinguem duas gotas grossas apenas, com as quais massageia essa pele ressequida. Lentamente, mas com algum vigor. Fecha os olhos e vai massageando com vagar, gozando o calor que a fricção cria. E assim chega ao limite do prazer que se permite. Mais que isso seria abrir portas à melancolia, o que não condiz com o feitio de Sá Caetana.

Passado um pouco está pronta. Pode enfim fechar a luz e rezar o seu terço no escuro, antes de adormecer.

4

Sá Caetana pagou o salário mensal a Vicente, acrescentando-lhe desta vez generosa gratificação. Estavam os dois na cozinha, de pé. A patroa fazia as contas da casa.

– A Senhora Grande enganou-se – disse ele, depois de conferir cuidadosamente o seu dinheiro.

– Não me enganei, não – respondeu ela. – O que aí está a mais é um prêmio para o teu Dr. Valdez, pelo trabalho a que se deu distraindo a minha irmã. Agora que acabamos de uma vez com a brincadeira.

Difícil saber-se se era como Sá Caetana dizia, com todo aquele sarcasmo e azedume, se antes a sua consciência importunando. Uma consciência povoada de fantasmas de quem se achava devedora, como por exemplo o Cosme Paulino, agora que o velho criado se foi e lhe deixou o filho nos braços.

Vicente ficou a olhar para o dinheiro que tinha nas mãos, refletindo nessas duas possibilidades. Acabou por sentir no gesto menos um prêmio que uma ofensa. Ofensa essa que tinha a exata medida do desagrado sentido por Sá Caetana na última visita de Valdez. Era a maneira que ela tinha, achou, de repor as coisas no seu devido lugar, de sublinhar a sua autoridade. Ela dando e o criado recebendo, nunca o contrário.

Se fosse há mais tempo talvez Vicente aceitasse. Talvez tivesse até agradecido com uma vênia muito antiga, rasteira ao chão, igual à do pai e do avô. A vênia de quem aceita, da mesma maneira, o melhor e o pior. Mas hoje, por muita coisa se ter passado, entretanto, hoje não. Hoje vem nascendo dentro dele um novo Vicente, um Vicente com bigodes de algodão olhando indeciso para os vários caminhos que tem na frente. Um Vicente feito de noites mal dormidas, cheirando vagamente ao cheiro adocicado de Maria Camba Françoise, e é isso que ele sente necessidade de mostrar quando exprime a sua tímida recusa.

— Não é preciso, senhora — disse, fazendo um gesto para devolver o que estava ali a mais.

— Recusas, rapaz? Como te atreves? — reagiu ela, irritada com a audácia. Vicente interpunha-se entre a Senhora Grande e o seu sentido do dever ou da vingança. Ao abortar-lhe o gesto, interpunha-se entre ela e a sua consciência.

Sá Caetana hesitou por um momento, parecendo não saber que atitude tomar. Depois, insinuou uma falsa resignação que soou como um lamento:

— Que diria o teu pai se fosse vivo?

Vicente estremeceu com o desconforto de tal possibilidade. De fato, um gesto assim o seu pai nunca teria. "Se desobedeceres à Senhora Grande serei eu a desobedecer-lhe, entendes?", dissera-lhe o velho Cosme ao despedir-se, na última vez que o viu. Palavras que agora lhe martelam os ouvidos. Como negar-lhe isso? Como desobedecer? Não há, portanto, como não voltar atrás:

— Desculpe, senhora. Não pensei bem. Já estou arrependido. Aceito — e um Vicente muito mais humilde do que há pouco, no qual sobressai de novo o respeito antigo, o poderoso *ishima*, alinhou cuidadosamente as notas que tinha na mão depois de ter ficado a olhar para elas um longo minuto. Dobrou-as ao meio e guardou-as no bolso da camisa.

Obrigado, patroa. Obrigado pela tua generosidade. Obrigado por me fazeres ver como se regressa ao caminho do respeito e da segurança sempre que parece que me vou perder. Obrigado, porque a tua reconciliação comigo é a minha reconciliação com a memória de meu pai.

Sá Caetana serenou, disposta a esquecer o incidente. E Vicente retirou-se cabisbaixo para o quintal. Duplo triunfo, o dela: sobre um doutor que nem sempre sabia ser discreto, sobre um criado que nem sempre sabia medir as distâncias.

Vicente entrou no seu quarto, atirou-se para cima da esteira e ficou na penumbra olhando o teto, as fissuras e as manchas que há nele, os insetos que ali rastejam ao contrário do que manda a natureza. Queria mudar, mas não sabia como; queria partir, mas eram poderosas as forças que o retinham no mesmo lugar.

– Parabéns, doutor – disse entredentes, com amargura, virado para a parede. Nas mãos abanava lentamente as notas da gratificação. – Parabéns. O senhor acaba de receber um belo prêmio pela paciência que teve com a patroinha. Pelas tardes de domingo bem passadas.

Depois, pegou num resto de algodão que encontrou por ali, chegou-o ao lábio superior e disse, engrossando a voz, com trejeitos de Dr. Valdez:

– Não fui eu que a mereci, miúdo. Foste tu. Eu só te emprestei os meus bigodes, os meus calções de linho impecavelmente engomados (por ti, de resto), a minha barriga ligeiramente protuberante devido à maldita deliciosa manteiga que acabou por me levar. Quem armou a confusão, quem ousou algumas liberdades junto das minhas amigas, usando e abusando da minha boca e da minha voz (muito mal imitada, por sinal), não foi outro senão tu. Sobretudo com Sá Caetana, que sabes tão bem quanto eu que não é para brincadeiras. Quem te mandou a ti provocá-la? Quem te mandou atualizar os meus modos, que sempre foram educados e corteses, integrando neles a tua rebeldia? Pediram-te que fizesses como eu fazia, não que me usasses para atingir propósitos que, suspeito, nem tu sabes bem quais são. Além disso, aquilo que consideras uma choruda gratificação não passa para mim de meros trocos. Ou esqueces-te de que fui médico, um doutor conceituado, um homem habituado a receber quanto pedia?

– Seja, então. Fui eu. E o que está feito, está feito. Não tem remédio – concluiu Vicente amargamente, em voz mais alta, impaciente com o rumo que a conversa tomava.

– Acalma-te, rapaz – volveu o Dr. Valdez, contemporizando. – Acalma-te que eu acho que ainda te posso ajudar a pôr as coisas no devido lugar. Posso voltar a conversar com Sá Amélia para que interceda em teu favor junto da irmã, por exemplo. Posso inclusive tentar amaciar Sá Caetana. Para tal basta que faças como eu faria e ficaremos contentes os quatro: tu e eu, as duas senhoras.

Neste Vicente, porém, era maior a curiosidade em relação ao que estava para acontecer do que o interesse em olhar para trás. Faltava-lhe a vontade de regressar ao seu redil solitário.

– Então sempre fará por merecer a gratificação que ela me deu, doutor – disse, zombeteiro.

– Já te disse que isso para mim não passa de um trocado – volveu Valdez, irritado. Tinha o seu amor-próprio, não estava disposto a ouvir sarcasmos da boca de um miúdo. – Seja como quiseres. Olha, pega nesse dinheiro e gasta-o com os teus amigos, em meu nome.

Bateram nessa altura à porta. Vicente sobressaltou-se. Atirou com os bigodes de algodão para um canto e olhou em volta, como se quisesse certificar-se de que estava tudo em ordem, ter a certeza de que o Dr. Valdez já se tinha ido embora sem deixar rasto. Só depois foi abrir a Jeremias e Sabonete, que o fitavam intrigados.

* * *

Passou muito tempo desde a última visita do Dr. Valdez, aquela que deixou Sá Amélia quase indiferente e tanto perturbou Sá Caetana. Pensando nestas visitas, na sua utilidade, achava Sá Caetana que elas haviam feito parte de uma brincadeira com resultados mais maus que bons, sobretudo para a irmã, pois tudo o que de bom a primeira havia trazido parecia ter sido levado pela segunda, pelo ambiente carregado que nela se criou. Pelo atrevimento de Vicente e pela maneira desajeitada como ela própria havia conduzido as coisas.

Mas Sá Amélia continuava a lamentar a infrequência e espaçamento das visitas do doutor, mesmo se só o fazia às vezes, nas alturas em que era capaz de associar a necessidade a uma loquacidade que a exprimisse. Sá Caetana (Deus lhe perdoasse!) quase se alegrava nos dias dessas lamentações da irmã, nos dias desse seu sofrimento, dado que testemunhavam o apego dela a qualquer coisa de tangível, ainda que fosse a tangibilidade de uma ausência, o volume enganador de uma sombra.

– Por que não vem ele, minha irmã? O que será que o prende a outro lugar?

Leve gemido, surdo queixume que só o apurado ouvido que Sá Caetana sempre teve permitia que ganhasse significado. E Sá Caetana respondia a esse interno resmungo inventando fracas verossimilhanças que a outra acabava por aceitar. "Porque não pôde". Ou mesmo, em dias de mau humor, "Porque não quer". Apetecia-lhe antes dizer, nesses dias, "Porque morreu", "Porque não o quero cá". Mas não ousava. Não ousava ainda. Em vez disso, adiava as respostas, interpondo entre elas e as perguntas da irmã razões inconsequentes. "Porque caiu uma ponte do caminho", dizia com uma imaginação preguiçosa, e logo Sá Amélia queria saber que ponte era essa, quantas vítimas havia feito e de quem era a responsabilidade da desgraça, quando seria a ponte reparada. Nessas alturas Sá Caetana tinha então que recorrer à esperteza célere de Vicente para lhe resolver o aperto.

Felizmente, Sá Amélia perguntava cada vez menos. Cada vez menos parecia ter necessidade de o fazer, ocupada que estava, cada vez com mais frequência, a brincar com o tempo. Quando o passado nos é amputado desta maneira, ficando o acesso a ele dependente da generosidade ou do capricho alheio, quando o presente passa a ser-nos tão indiferente, resta apenas o futuro com que brincar. Usamo-lo então como se fosse presente e passado, indiscriminadamente. É assim, chamados por esse futuro leve, que vamos atravessando a vida. Que Sá Amélia ia atravessando a sua vida, oscilando entre a dor e o nada. Se a dor a visitava com as suas ferroadas súbitas, gemia baixinho, dando conta disso mesmo. Mas concedendo-lhe ela tréguas, partia Sá Amélia em direção a esse futuro, leve de argumentos, vazia de história. O tempo gasto, que por mais pesado que seja não deixa de ser invisível, constituía o único traço deste seu percurso. A obesa senhora tornava-se leve, as visitas do doutor cada vez mais desnecessárias.

Inquietava-se Sá Caetana com a progressiva libertação da irmã. De algum modo fazia-lhe falta o desconforto de ter que lhe responder, de ter que inventar aquelas fracas justificações. Cada dia que passava sem que o doutor fosse mencionado era dia em que a irmã lhe parecia ainda mais leve, mais próximo de ser Maméia outra vez. Por seu turno, Sá Caetana ficava mais pesada, mais acabrunhada, como se fosse ela própria a envelhecer pelas duas, duas vezes mais rugas contrastando com a inexpressividade da outra, duas vezes mais tudo menos a responsabilidade de ter de justificar as ausências do doutor, porque tais justificações iam deixando de ser necessárias.

Estranha, a visão das duas irmãs imóveis naquela sala: uma gorda, mas leve como o futuro, a outra seca e tensa, densa como uma estátua. Uma visão que atravessou muitas tardes arrastadas dentro das quais uma mulher voava levemente, sentada no seu sofá, enquanto a outra cosia os seus panos e se debatia.

Até que chegaram a esta tarde em que, completamente de surpresa, bateram à porta. Sá Caetana chamou por Vicente, que lhe fosse ver quem era, mas Vicente não estava. Irritada, interrompeu o que fazia e foi abrir.

Deparou-se então com um Dr. Valdez um pouco diferente do habitual. Os mesmos calções brancos engomados por Vicente, as mesmas meias altas, a mesma pose de velho branco africano levemente derrotado, minado pela umidade e pela malária, e, contudo, não desistindo de alguma altivez. Agora uma altivez encimada e reforçada por uma máscara-elmo do *mapiko* que o doutor trazia posta, escondendo-lhe completamente o rosto. Uma máscara com um velho bigode de algodão e a expressão de um sorriso congelado que há em todas as máscaras.

Sá Caetana, segurando ainda a maçaneta, sobressaltou-se. Reconheceu, é certo, a figura que ali estava. Mas inquietou-a o novo recurso em que ela se apoiava, aquele sorriso vago e enigmático que não sabia se pertencia à máscara ou se a quem se escondia por detrás dela. Inquietou-a também a intenção que fazia mover tudo aquilo, e que ela ainda não sabia qual era. Procurou os olhos de Vicente e não os encontrou. Estavam escondidos atrás dos olhos do Dr. Valdez, que por sua vez se escondiam atrás da máscara.

* * *

Troam os tambores no terreiro da pequena aldeia como as ondas da febre de uma doença, como um chamado contínuo, um lamento. Os aldeãos vão chegando, dispõem-se em círculo para deixar que os arrepios dessa febre lhes percorram o sangue. Deixam que os costumes antigos os ancorem ainda uma vez àquele chão aonde pertencem, inimigos das novas versões que se vão insinuando todos os dias, que os cercam cada vez mais e que eles não entendem. Até quando continuará a ser assim, parecendo que o mundo vai acabar sem acabar mesmo, engolido lentamente pela novidade? Até quando poderão continuar a respirar com os seus próprios peitos, a abrir a terra com as suas próprias mãos, a assustar-se só, e apenas, com os seus próprios sonhos? Até quando conseguirão guardar os seus segredos, evitar que sejam desconhecidos a desbravar novos caminhos em seu nome?

Vista assim, desta maneira, parece aquela aldeia pequena – meia dúzia de casas, não mais – fechada sobre as suas próprias rotinas seculares, colhendo os frutos, bebendo a água do rio, cavando o chão com a enxada e ferindo o dorso das árvores com a enxó, torcendo cordas com as mãos espalmadas, ligando-as para formar redes, pescando e caçando com elas, soprando as pequeninas fogueiras junto ao chão para que o fumo de cheiro acre se faça fogo sempre que o sol se vai e cai a noite. Até quando não será o futuro mais que uma repetição, um recomeço, para nesta pequena aldeia se poder continuar a cumprir obedientemente com as quatro regras da passagem pela terra, as quatro etapas da viagem conforme foram ensinadas por aqueles que já morreram: nascimento, puberdade, casamento e morte?

Da morte poderia dizer-nos Cosme Paulino se os mortos falassem. Diria que são pouco diferentes as maneiras de morrer. Mais marcantes e formais as mortes de homem, porque partindo levam eles consigo muito das velhas hierarquias, muito da ordem em vigor. Mais íntimas as mortes de mulher talvez porque a função de carpir baixinho seja quase sempre feminina, tal como a de podar a árvore da descendência, e porque sendo elas quem cozinha, se esfriam as panelas e esvai-se o cheiro da comida. Mais tristes as mortes de criança porque são interrupções do muito que ficou por fazer pela vida fora, do muito que poderia ter sido e ficamos sem saber se o seria. Mais belas as dos velhos sábios porque são mortes completas e previsíveis, de quem não tem, que lhe restem, outras etapas para cruzar, e portanto mortes cuja dor é mais serena, mais distinta da surpresa. Mais feias as mortes violentas porque fica o morto sem a dignidade necessária nesse último retrato que de si deixa imprimido na memória dos que ficam. Tal foi o caso de Cosme Paulino, que cruzou a vida com modesta serenidade e acabou descomposto, como que a meio de um grito, num trejeito que nunca foi seu, trazido pela surpresa e pelo medo, é certo, mas sobretudo pelo desgosto de ter de acabar assim.

Do casamento falariam várias mulheres se para tal fossem convocadas. Ana Bessa falaria dele como espera pois foi mais longo o tempo que passou na sua varanda olhando o mar que aquele que partilhou com o indiano despachante ou o alemão fugitivo. Do primeiro ficou-lhe o sal da sua ausência, ao segundo procurava-o ainda no oceano como se a sua caducada presença tivesse deixado rasto. As filhas diriam que casamento é destino, embora cada uma à sua maneira. Amélia nas margens dele, em contínua perplexidade, Caetana tendo tido mais papel na escolha feita. Alina Chimarizene, por sua vez, falaria do casamento em silêncio. Por timidez, é certo, mas também porque as incursões noturnas do major Ferreira não tinham som, feitas que eram para cumprir secreta obrigação ou satisfazer ainda mais secreto desejo, perversa necessidade.

Do nascimento é difícil achar quem fale pois está ainda por surgir quem recorde esse ato original. Ou lembramo-lo de forma difusa, sem saber que o lembramos. E, no entanto, trata-se de fundamental etapa na medida em que antes de sermos já influenciamos a vida dos outros. Nos nós que nossas mães fazem na corda – um nó por cada lua – para marcar os misteriosos passos que vamos dando antes de darmos o primeiro passo verdadeiro. Vicente nasceu sem sobressaltos: ao primeiro nó era ainda abstração e esperança; ao segundo e ao terceiro, pequeno girino nadando nas águas íntimas de sua mãe como os verdadeiros nadam no lago; no quarto e quinto, Cosme Paulino punha a mão grossa por cima, com extrema delicadeza, e sentia já o calor levíssimo que emanava do ventre maternal, assinalando daquele modo o fato; vieram o sexto e o sétimo quando Vicente ganhava forma, dobrado sobre si mesmo como se meditasse, mas ainda indiferente ao fato de andar direito ou de cabeça para baixo. A corda ia longa, manuseada com paciência, e ao oitavo e nono nós havia já um Vicente ocupado com pequenos detalhes, formando pequeninos dedos com pequeníssimas unhas. O décimo e último nó foi já o pai que o deu enquanto a mãe, acocorada no mato, se espantava com a força do berro que o menino espalhou no planalto para dar conta de que o ar lhe entrava pela primeira vez nos pulmões. Uma corda com dez nós traz o segredo do nascimento: numa ponta o plantio como ato do desejo; na outra a colheita desejada.

Finalmente, a puberdade. De como se chega até ela está hoje aqui Vicente para testemunhá-lo. Vicente impúbere e tremendo de frio e medo, criança escanzelada no meio de outras crianças da sua idade e condição, pintalgadas, em pleno *likumbi* que as tornará homens um dia, quando tudo terminar. Os olhos esbugalhados fixos no *mapiko*, o dançarino agitado que irrompe pelo terreiro sacudindo descompassadamente o corpo como se este não lhe pertencesse, ocultando-se dentro da nuvem de poeira ocre que os seus pés levantam ao bater furiosamente no chão, poeira tão fina que irrompe no ar como uma surda explosão e vai baixando muito lentamente, até voltar a pousar. E os rapazes olhando atentos para um dia poderem fazer como ele.

A máscara-elmo do dançarino dissimula e mente: quando ele se inclina para a frente parece estar direita, quando ele se põe direito fica sobranceira e altiva, virada para cima. Onde deviam estar os olhos, que os circunstantes procuram avidamente para assim conhecerem o seu segredo, há apenas dois buracos negros, dois vazios que o dançarino tem na testa para os enganar. Fá-lo enquanto se diverte com a perplexidade que o seu estratagema cria na multidão, que ele encara com os dois olhos verdadeiros que traz escondidos a meio do pescoço. Olha com desprezo ou simpatia, não se sabe bem ao certo, porque os seus olhares – tanto o falso que traz na testa como o verdadeiro que espreita do pescoço – se escondem atrás da máscara-elmo. E é nesta desigual relação de olhares que reside o poder do dançarino: no fato de ver os olhos dos outros sem que eles possam ver os seus.

A sua grotesca dança é feita de passos desconexos e gestos teatrais. Finge que é bicho, finge que é branco (fingiria ser o Dr. Valdez se acaso o conhecesse), finge que é coxo, finge que é demente. Desdenha dos mais velhos mimando-lhes as dificuldades no andar, o cenho carregado de quem parece pesar profundamente as coisas mas afinal é só lento a refletir; finge respeitar as crianças fazendo-lhes vênias e reverências despropositadas, que as atemorizam; corteja as mulheres feias com falsa e injustificada lascívia; enoja-se com as bonitas como se a beleza, vejam só, fosse coisa repulsiva. Troca as voltas ao mundo, este estranho dançarino. Tripudia sem propósito, rindo-se do povo, rindo-se da tradição. Rindo-se de si próprio.

Os homens assistem também rindo, também rindo de si próprios. As mulheres, pelo contrário, estão sérias e põem os olhos no chão como se fosse suprema vergonha encarar aquele intruso. Vergonha e dor secreta, porque a cerimônia que o dançarino anima com as suas incongruências é também aquela que lhes rouba os filhos-crianças para os fazer homens.

É, portanto, aquele grupo de crianças – entre elas Vicente – que anima a intenção do estranho homem. Também elas aprenderam a dançar e a envergar aquela máscara, um pouco receosas, nos trabalhos que fazem parte da passagem. É para elas que se vira o altivo dançarino, parecendo dizer-lhes: "Vejam como eu faço, vejam o refinamento da minha ironia, a grosseria das minhas invectivas, a desconexão dos meus membros que se agitam como se não fizessem parte de mim. Eu sou só espírito. Sou simultaneamente o já feito e o ainda por fazer. Vejam, porque vós, apesar de terdes aprendido, nunca conseguireis fazer como eu faço". Tudo isto para que as crianças-rapazes saibam que viver é sempre fazer diferente, é respeitar a tradição e renegá-la.

Vicente recordará toda a vida esta passagem. Em particular, a magia criada pela força dos dois olhares do dançarino, um que está ausente quando o procuramos, outro que nos envolve sem que o saibamos. Guarda-a na lembrança desde esse dia em que deixou de ser criança e passou a ter desejos.

* * *

– Entre, Dr. Valdez – disse Sá Caetana, refeita já do susto e com ar cansado. Encarando a máscara.

"Onde foste buscar mais esse disfarce, Vicente?", diria se não tivesse receio de que a irmã ouvisse. Ao que ele responderia que não precisou de procurar muito porque a traz dentro de si desde aquela noite, na aldeia, em que fizeram de si um homem.

Vicente obedeceu e passou para a sala, seguido pela patroa. Bamboleia dentro das largas roupas de Valdez, procurando desajeitadamente equilibrar a máscara no cimo da cabeça. Figura compósita, feita de desirmanados fragmentos, resumo possível da incoerência das suas tentativas.

Lá dentro, surpreendentemente tranquila, Sá Amélia está sentada no lugar de sempre, na ponta do sofá. Tanto tempo do seu dia passa ali, tão volumosa é que o sofá já se vergou naquele extremo e o conjunto parece uma lancha navegando com a velha senhora ao leme, sulcando em círculos o exíguo e triste mar que é aquela sala. Partindo para voltar ao início, numa curta mas interminável viagem durante a qual já nada pode parecer estranho e inverossímil. Tudo, bom ou mau, bizarro ou normal, tem cabimento naquele sofá.

– Como vem bonito, Dr. Valdez – disse ela, encantada.

Não fosse a máscara-elmo e as duas senhoras veriam um Dr. Valdez ruborizando com tão franco e lisonjeiro cumprimento.

* * *

Nastácia foi sempre uma criança diferente do resto das crianças da aldeia. Talvez pelo caráter rebelde que sempre teve, talvez por ter crescido em casa da patroa. Embora num sentido mais geral não diferisse da maioria das crianças que há no mundo quando chegam àquela idade. Sofria de uma curiosidade insaciável que lhe trazia grandes e frequentes dissabores.

"Nastácia! Ó Nastácia!", chamava muitas vezes Ana Bessa sem que lhe viesse qualquer resposta. Lá tinha desaparecido ela outra vez em pleno dia, em plena hora de trabalho. Acorria então Cosme Paulino, preocupado e pressuroso, procurando saber se a senhora precisava de alguma coisa que ele pudesse resolver; na verdade, tentando atenuar um problema que já adivinhava. "Não é a ti que eu quero, Cosme. É à miúda", respondia-lhe a patroa, impaciente. E Cosme, com o seu feitio bom, inimigo de problemas, tratava logo de justificar:

— Ela já nasceu assim, minha senhora. Não faz por mal. Eu canso-me de lhe dizer que tenha juízo, que desta maneira quando crescer não há de haver marido que a queira.

Partiam depois os criados batendo a praia e a orla do coqueiral junto à casa ("Nastácia! Ó Nastácia!"), procurando até dentro do escuro armazém não fosse ela estar satisfazendo algum doce e secreto desejo capaz de trazer-lhe um enorme dissabor. Nada. Nastácia não aparecia. Ou aparecia mais tarde, quando queria, que era normalmente depois de todos terem desistido de a procurar. Chegava então cantarolando, a consciência leve como a de um pássaro.

Os olhares silenciosos da criadagem censuravam-na, a patroa rugia querendo saber, e ela punha aquela surpresa transparente e infalível que matava as ameaças de Ana Bessa ainda elas iam a meio. Fora só uma distração pela qual pedia desculpa. Jurava não tornar a fazer. Andara atrás de uma ave cantora para alegrar a menina Maméia com o seu canto, de um búzio para que ela, estando em casa e chegando-o ao ouvido, pudesse ouvir as ondas do mar.

A patroa suspirava num desalento e acabava por exalar um "Vai lá, rapariga, que já nem sei o que te queria. E não tornes a fugir que ainda me fazes zangar de verdade. Hoje já não te quero ver". E Nastácia escapulia-se sem esperar por segunda ordem, sabendo, porém, conformada, que atrás dela como sombra pegajosa viria Cosme Paulino com o invariável raspanete.

O tempo passou e foi forçoso que Nastácia crescesse. E que, com isso, embora mantendo-se, as suas ausências ganhassem novas formas e novos sentidos mais consonantes com o arredondar do corpo e o aguçar do espírito. Já não fugia para procurar brinquedos para a sua pequena patroa; queria antes que esta fugisse consigo. Evitava também fugir de dia como costumava fazer quando era mais inocente. Passara a saber esperar. Quando a tarde principiava a cair, colocava-se debaixo da janela de Ana Bessa, escutando. Por ruídos e sons que interpretava sabia quando tinha caminho livre para sair sem ser notada, levando consigo uma Amelinha que ia também deixando de ser Maméia. Apurara o expediente de tal forma que era até capaz de prever, com insignificante margem de erro, de quanto tempo disporiam.

— Como sabes, Nastácia? Como consegues adivinhar? – perguntava-lhe Amelinha, intrigada.

— É feitiço que eu tenho, menina – dizia ela brincalhona, sem confessar que o lia no timbre implorativo do pobre alemão, dentro do quarto.

Gostava Nastácia que fossem para o muro alto, aquele onde uma vez Cosme Paulino se distraíra fumando um cigarro de palha, quase perdendo por isso uma patroa e o emprego. Talvez porque ela intuísse estarem as duas, nesse local, a salvo da sombra do criado. Dali de cima ficava a maliciosa Nastácia observando o movimento da praia, os rapazes da aldeia brincando nus nas ondas, e explicava a Amelinha os pormenores do que viam. Esta ruborizava, tapando os olhos com as mãos, enquanto Nastácia ria muito, um riso aberto e franco, quase o riso de outrora.

Um dia, vagueando as duas, chegaram a uma pequena clareira na orla do coqueiral. Era quase escuro e crepitava no centro dela uma fogueira. Ao lado, um vulto dançava em silêncio com a máscara-elmo do *mapiko* na cabeça, lentamente, repetindo os passos, ensaiando. Nastácia e Amelinha, curiosas, esconderam-se atrás de um arbusto de *utamba* e ficaram observando. O dançarino evoluía em círculos como se estivesse procurando entender os próprios gestos. E também como se seguisse as propostas de um tambor que a existir, existia apenas dentro da sua cabeça. Fora dela, em redor, os animais e o vento permaneciam em suspenso, como se assistissem. Passado um tempo ele estacou subitamente, olhando em volta como um leopardo farejando no ar uma presença estranha, adivinhando nele o traço de uma presa. Ficou imóvel, deixando dançar apenas na sua pele os reflexos do lume da fogueira. Nastácia e Amelinha, assustadas, recuaram lentamente e depois, tendo ganhado alguma distância, correram com quanta força tinham de volta à Casa Pequena e à sua segurança.

* * *

Sá Amélia encara os olhos opacos da máscara-elmo que o Dr. Valdez traz posta. Vem-lhe à memória a criada Nastácia, a fuga assustada que as duas levaram a cabo num fim de tarde quase noite, há muito tempo. Tanto tempo que do susto só a saudade ficou. Está bem-disposta.

– Não esperávamos a sua visita – disse friamente Sá Caetana. Uma maneira de dizer-lhe que já não era ali bem-vindo. – Pensava que já tinha partido para Portugal.

Sá Amélia interrompeu:

– Entre, não ligue ao que ela diz. Sente-se aqui, na outra ponta do meu sofá.

Sente-se aqui no meu barco e vamos navegar os dois que eu o levo ao Ibo, parecem dizer os seus olhos. Está calma e delirante, está nos seus dias. Sá Caetana, pelo contrário, procura ser acintosa.

Chegam aqui os imigrantes fazendo incursões limitadas no tempo. Só o tempo de lá ir e voltar, pensam eles à partida, lá em Lisboa. Mas depois, com o correr das coisas agarram-se as lianas do mangal às suas pernas, escorrem as algas do mar pelos seus ombros, quase se liquefazem os seus corpos com a umidade. Vivem numa espécie de limbo, e dizer-lhes que regressem ao útero já desconhecido que os expeliu é como dizer-lhes que desistam das delícias do inferno. "Vá-se embora para a sua terra!", queria dizer Sá Caetana quando dizia outras palavras. E dizia-o a Valdez, pois que a Vicente a ordem não se podia aplicar.

Como Dr. Valdez, portanto, Vicente responderia.

– Não se preocupe, Sá Caetana, que não demorarei. Vim à pressa, só para me despedir. Vou-me embora, mas parto para o Mucojo, não para Portugal.

– Que bom! Leve-me consigo! – diz Sá Amélia.

Iriam juntos, ele e ela. Desembarcariam de machila, com grandes chapéus de palha para evitar a insolação com que ele próprio, Valdez, a ameaçou em tempos. Comeriam fruta à sombra azul das árvores, atirando os caroços por cima dos ombros, para o mato. Passariam pelos camponeses cumprimentando com gestos vagos, apontando com o indicador os pormenores que lhes parecessem mais bizarros. Ririam muito da seriedade do lugar. Seriam por uma vez estrangeiros na própria terra, visitantes ocasionais do *shilambu*. Leve-me consigo, Dr. Valdez!

– Vai-se embora para o Mucojo como, se lá há guerra? – interrogou Sá Caetana.

Vicente surpreende-se com a sagacidade da senhora. Referira o Mucojo apenas por malícia, sem pensar nas consequências. Queria tão só dizer-lhe que o Dr. Valdez regressava ao paraíso enquanto ela ficava aqui, nesta terra de ninguém. E também, pensando bem, que abdicava deste serviço e regressava à sua terra, à proteção dos seus. Sem saber se o faria de fato, mas certo de que pelo menos aborreceria a patroa.

Mas a senhora apara o golpe e contra-ataca:

– Não seja ingênuo, doutor.

E conta a sua versão daquilo que estaria a passar-se no Mucojo. Os combatentes puxavam fogo aos coqueiros e às casas, levavam os jovens mais crescidos ("mais ou menos da idade do nosso moleque", acrescentava, mordaz) para os transformarem em gente como eles. "Já ouviu falar nos combatentes, doutor? Já ouviu o som sinistro de um coqueiro a arder? Contorce-se e geme, parece uma mão aleijada estendida ao céu, pedindo clemência antes de se deixar finalmente cair com fragor. Há lá milhares de mãos assim estendidas, milhares de gemidos de clemência no sítio para onde você quer ir, doutor".

Com uma espécie de ciúme, e não podendo estar lá, Sá Caetana procurava dificultar a ida de Valdez.

Valdez nada disso tinha visto nem ouvido, o que talvez fosse verdade. Como doutor não podia ter conhecido os combatentes uma vez que morreu em 1959, quando eles ainda estavam em projeto. Como Vicente era também provável que não. De qualquer maneira ficava o aviso de Sá Caetana: era melhor pensar duas vezes antes de tomar a temerária decisão.

– E como sabe tudo isso, Sá Caetana? – perguntou o doutor, estrebuchando. Perguntou Vicente, interessado.

Parte soubera-o pelas cartas de Cosme Paulino, antes da sua morte ("acho que já lhe falei nele, era o pai do meu moleque, o velho homem que me tomava conta do coqueiral", disse ela num aparte, fingindo esclarecer o doutor, mas na verdade castigando Vicente). E de fato, também por intermédio de Basílio Aliberto, naquela triste carta em que ele anunciava a morte do dito Paulino. "Devassam tudo, minha senhora, têm raiva à velha ordem, dizem que será tudo de todos, ignorando as hierarquias. Considerando por igual quem trabalhou e quem se absteve."

O resto, o que lá não vinha escrito, inventara-o ela própria. Ou melhor, inventaram-no os seus receios. Receios, por exemplo, de perder o coqueiral, não pelo que ele significa (nunca foi chegada à agricultura), mas na medida em que perdendo-o lhe era amputada uma parte do passado, a corda da âncora que a prendia àquele lugar, deixando-a à deriva pelo mundo. Inventara-o e inventava-o ainda naquele momento, também para contradizer o propósito do doutor e com isso dificultar o regresso de Vicente, que lhe parecia subentendido no anúncio do primeiro.

E por que se opõe ela ao regresso de Vicente? Mistérios de quem sente a responsabilidade de ser quase mãe do rapaz sem conseguir reconhecê-lo.

– De modo que é melhor reconsiderar, Dr. Valdez.

Valdez procura mudar o rumo da conversa. Não quer dar de si a ideia leviana de que tomou decisões sem as pesar. Nem defender Vicente se este estiver abertamente acossado. O mais que pode fazer é interferir vagamente em seu favor. Ignora, portanto, o filho, incide no pai:

– Esse Paulino, o tal criado que lhe contou essas desgraças antes de morrer, como era ele?

* * *

Quando as duas senhoras deixaram o lugar, Cosme Paulino, por detrás das reverências da despedida, morreu um pouco. Não só porque Vicente partia com elas, mas também porque a sua profissão de servir deixava de ter referência física em que se apoiar. A partir de então, servir passou a ser para o velho criado um exercício de complexidade redobrada, requerendo mais iniciativa, lealdade e imaginação. Mais que a resposta solícita a previsíveis ordens, mais que a patronal remuneração do serviçal gesto concluído, servir era agora um diálogo difícil mantido com o fantasma de um interlocutor ausente. "Como faço isto, Senhora Grande?", "Como quer aquilo?", perguntava ele para a sombra dos lugares onde Sá Caetana se costumava sentar antigamente. Por mais que as necessidades e caprichos de quem manda se tivessem tornado familiares com a repetição (servir é sobretudo um ato fundado na repetição), esta nova situação exigia não só a previsão das ordens, mas também da sua evolução, a adivinhação de novos caprichos e a pressuposição de um reconhecimento que não estava ali.

Passou-se muito tempo. Um dia, por qualquer razão desconhecida deu Cosme consigo sem capacidade sequer de recordar o rosto dos patrões. Não o preocupou o caso de *njungo* Araújo, partido há tanto tempo para o lugar dos mortos e, portanto, já sem rosto mesmo fora das lembranças, quanto mais dentro delas! Mas que dizer da Senhora Grande? Onde estava aquele ar severo, os seus olhos tristes, aquela boca cerrada como se permanentemente recriminasse o mundo de uma qualquer grande injustiça? Procurou nesse dia a boca dela, os olhos tristes, e achou apenas um vazio. Preocupou-se.

Conhecia Sá Caetana desde pequena. Cresceu com ela, assistiu a todos os momentos importantes da vida da patroa: alegrou-se quando ela recebeu aquela boneca de porcelana na varanda; sofreu com ela quando o alemão fugiu numa certa e chuvosa noite, deixando-a um pouco mais desprotegida; por ela se preocupou quando num gesto irrefletido a patroa quase afogou a irmã, naquele maldito dia em que por estar fumando no muro alto deu a lamentável impressão de que se alheava das meninas e dos riscos que as espreitavam; assistiu até, na penumbra da velha Igreja de São João Baptista, embora cá de trás, ao casamento dela com *njungo* Araújo, a quem serviu, por quem plantou coqueiros e sulcou perigosas águas entre o Ibo e o Mucojo agarrado ao leme do velho *dhow*. Embora a lealdade àquele homem fosse uma falsa lealdade, só mantida em vigor da lealdade que tinha à sua patroa mais verdadeira.

Nesse dia, porém, esfumou-se a cara dela. Não conseguiu vê-la, não conseguiu sequer ouvir a sua voz dentro do pensamento, dizendo "Paulino chega aqui, traz-me isto, faz-me aquilo". Nada. O mais que pôde foi ouvir uma grosseira imitação dessas palavras mastigada pela boca do primo Basílio Aliberto, o único que sabia ler e lhe lia as cartas dela. "Para o Excelentíssimo Senhor Cosme Paulino, ao cuidado do Posto Administrativo do Mucojo, Distrito de Cabo Delgado", começava o Aliberto invariavelmente, pigarreando.

"É mesmo assim que aí vem escrito, ó Basílio?", perguntava o Cosme, admirado. É que em toda a sua vida (e já era bastante velho) nunca ninguém o havia tratado por senhor. Excelência, então, parecia ironia, mentira ou brincadeira. Mas não era nenhuma das três, asseverava o Aliberto muito sério. Era assim mesmo que ali vinha. Por isso, apesar de ser quase sempre importante o que vinha a seguir, era o começo o que mais lhe agradava naquelas cartas. Embora o fato de ser o Basílio a lê-las, e não a Senhora Grande a dizê-lo de viva voz, lhe atenuasse de algum modo o prazer e a admiração.

Nesse dia não conseguiu ver o rosto da patroa nem ouvir a sua voz, atropelada pela voz rouca do Basílio Aliberto, seu primo, e talvez tenha sido essa a razão por que cometeu aquele gesto tresloucado, faltando-lhe pela primeira vez ao respeito. Entrou na velha Casa Grande com os mesmos modos de sempre, ligeiramente curvado e temeroso, saudando fantasmas com a mesma intensidade e reverência com que saudaria os vivos, movendo-se como se estivesse a ser visto. Mas em vez de limpar o pó como sempre fazia, deixou-se estar por ali um bocado olhando as paredes, os recantos penumbrosos outrora impecavelmente limpos, agora sofrendo a inexorável invasão de finos véus de poeira, de esvoaçantes e estaladiças folhas secas. Visto de longe parecia ser o mesmo criado de sempre desempenhando as mesmas velhas funções. Só que por dentro invadia-o estranho e incontrolável capricho. Sentou-se nas cadeiras, ajeitando o rabo para lhes testar o conforto, deitou-se até numa das camas, muito quieto, pequenino corpo rígido perdido no meio daquela imensidão, apenas para provar a sensação que dali vinha, apenas isso. Para ver o que sentia quem mandava, conhecedor toda a vida do sentir de ser mandado. Para ver como era a vista a partir do outro lado.

Mas pobre dele que não conseguia espremer um só estremecimento de prazer de toda aquela novidade! Levantou-se, intrigado, fez novas tentativas a ver se descobria o segredo, passeando-se nos quartos, olhando de dentro para fora em vez do contrário. Vagueou pela sala, deixando-se inundar por uma certa volúpia quando os seus grossos pés descalços pisaram a tijoleira vermelha e fresca. Não era como antigamente, quando pisava de leve como se pisasse fogo, com medo de sujar. Lambia-a agora com as plantas dos pés, sentindo-a fria e agradável. Era bom sem dúvida, mas não era ainda o que procurava.

Passou à varanda, chegou mesmo a sentar-se na velha cadeira de Ana Bessa, balançando nela como a defunta fazia, perscrutando o líquido horizonte ao som do ranger da palha quase podre. Talvez de lá viesse a resposta escrita nas ondas brancas que procuravam diligentemente chegar à praia, umas atrás das outras. Nada. Provavelmente porque Cosme Paulino não soubesse ler. Apenas o enjoo que a velha cadeira lhe provocava, idêntico ao do *dhow* quando escolhia o seu caminho no mar encapelado. O enjoo e um certo espanto de constatar como era frágil a autoridade. Como é uma encenação requerendo o empenho tanto dos que mandam como dos que são mandados.

Tornou a olhar em volta.

O olhar. Talvez estivesse no olhar esse prazer que procurava.

No intercâmbio de olhares entre uns e outros. Quantas vezes Cosme Paulino não conseguiu suportar o olhar azul-gelado de *njungo* Araújo e teve que baixar o seu! Por ali ficou mais um pouco tentando trocar olhares com os objetos mortos daquela casa também já morta. Imóveis mesas de pau-rosa, cadeiras de palhinha apodrecida e já cheirando, velhos tapetes de pele de leão escarificados pelo tempo, vetustos pássaros de pau-preto aprisionados naquele esquecimento, dentes de elefante minuciosamente trabalhados por conterrâneos seus, sem dúvida já falecidos. Objetos vagos, inertes, que nada lhe devolviam.

Acabou por desistir, fechando cuidadosamente a porta e retirando-se para a sua palhota, no canto do quintal. Cosme Paulino nunca chegou a desvendar o segredo e, portanto, é natural que não o tenha transmitido ao seu filho Vicente.

* * *

Sá Caetana fala ao Dr. Valdez em Cosme Paulino, que Deus tenha. Velho criado do Ibo, quase da família, tanto foi o tempo que ali serviu, e antes dele o seu pai, e antes deste o pai dele. Admira-se que o Dr. Valdez não se lembre dele, nos velhos tempos em que por lá andou e frequentou a casa. Velho esperto e dedicado, infelizmente desaparecido num confuso acidente que seu primo, um tal Basílio Aliberto, muito simpático por sinal, não conseguiu esclarecer por completo.

Com veemência guardava Sá Caetana esta versão neutra para não ter que lembrar a outra que bailava dentro dela, indo e vindo, difusa, ameaçadora. Aquela segundo a qual Paulino morrera em funções, sempre servindo patrões ausentes, às mãos de soldados também eles em funções, também eles servindo patrões longínquos. Versão incômoda em que até a morte é um ato de servir e como tal merecedor, no pesadelo de Sá Caetana, de um reconhecimento que ficou por expressar.

– Pobre homem – concluiu ela suspirando, uma lágrima

teimando em umedecer-lhe os olhos. – Sempre pronto para tudo, sempre dizendo que sim.

Sempre de olhos no chão.

Outra vez os olhos. O olhar. Vicente imagina o olhar de Sá Caetana nesses tempos de concreta autoridade. Altivo, paralelo às copas dos coqueiros, raras vezes se cruzando com o olhar de seu pai que o tinha sempre passeando pelo chão, atento aos pequenos detalhes, tímido bicho rastejante. Raras vezes os dois olhares se encontravam, tão diferentes eram os respectivos caminhos. Mas no momento mágico em que tal acontecia traduzia-se toda a história daquele lugar. Sá Caetana agradecendo o favor feito, Cosme Paulino agradecendo o favor que ele próprio lhe fazia. Tudo isso resumido nesse encontro de olhares que tornava desnecessárias as palavras.

Do pai passam ao filho. Teve o pobre Cosme um filho que ela aliás trouxe consigo.

– Eu sei, a sua irmã tem-me falado nele – interrompeu o Dr. Valdez, vagamente impaciente. – Que tal se tem dado ele por aqui?

— É um bom menino, doutor. Ou melhor, era um bom menino. Ultimamente tem-me fugido das mãos. Anda com más companhias, parece que sai de noite.

Sá Amélia, até então absorta no seu canto, interveio:

– Não lhe ligue, meu amigo. O rapaz está na idade das descobertas. A minha irmã não percebe isso. Queria-o aqui só para ela, sempre disponível, sempre dizendo que sim e abanando a cabeça como o pai dele. Não percebe que os tempos são outros, que Vicente jamais poderá ser igual ao pai.

– Que sabes tu dos novos tempos – cortou Sá Caetana com azedume.

– Sei o suficiente para reparar que o rapaz se vai escapar, o suficiente para sentir o brilho novo que ele traz no olhar. O que, sendo pouco, é mais do que aquilo que tu sabes.

No íntimo, Valdez alegrou-se com a aguerrida patroinha de Vicente fazendo frente à irmã. Não só por notar nela uma ponta de ternura para além do velho reconhecimento de sempre mas, também, pelo fato de ela ter vistas tão largas a partir do exíguo espaço que é aquela sala, aquele sofá. Quanto a Sá Caetana, sentiu Valdez que ela não podia ficar sem resposta.

– Também acho que está sendo demasiado severa com o rapaz – disse. – Não o pode ter aqui fechado como se fosse uma coisa. Ele é um empregado, tem os seus direitos. A senhora exige e ele cumpre. A senhora paga-lhe por esse cumprimento e pronto, ficam conversados.

Valdez colocou na voz uma veemência excessiva, um pouco forçada num doutor. E isso irritou Sá Caetana. Irritou-a o fato de não ter as mãos livres para lhe responder, dada a presença da irmã. Indignou-a a revolta de Vicente escudada na proteção de Valdez. "Larga a pele do doutor, rapaz", pensou, "vai lá fora, tira essas roupas ridículas e vem cá dizer-me isso outra vez, se tens coragem!" E disparou um olhar furioso na sua direção.

Novamente o olhar. Os olhares. O velho olhar de sempre de Sá Caetana recriminando tudo e todos, julgando e condenando sumariamente. O olhar de Sá Amélia cinzento e baço, impenetrável, resguardando-se na sombra do olhar da outra, mas nem sempre a ele se submetendo. O olhar do indeciso Valdez vindo do lado dos mortos. Finalmente, Vicente escondendo-se atrás de uma máscara de olhos falsos.

* * *

Ganda foi sempre o maior de todos. Alto, seco, magro, tranquilo como um raro leopardo negro arrancando brilhos e reflexos à própria escuridão. Calado, ignorando as bravatas dos adversários quase todos rodesianos, quase todos brancos, que chegam aqui com a despreocupação de quem chega ao mato. Ganda, paciente no seu canto, estudando-os com o olhar. Cercando-os com o olhar.

"Fixa bem este momento", sussurra Jeremias, exultando.

"Fixa-o bem porque é neste momento, não depois, que o combate tem lugar." Com a mão agita o braço de Vicente para vincar o que diz, porque aos olhos não os desprega do ringue. "É agora que ele estuda o adversário, é agora que lhe descobre as manhas." Manhas inúteis porque há muito que Ganda percebeu aonde ele quer chegar.

John Dale, o rinoceronte de Bulawayo. Grande e grosso como um rinoceronte de pele rugosa, esquírolas saltando da sua pele que estala quando ele se movimenta, provocando a permanente nuvem de um pó finíssimo que o envolve. Esquírolas e um ranger sinistro da pele esticando-se e desprendendo-se, que assusta a multidão. Um imenso rinoceronte cor-de-rosa ocupando talvez metade daquele ringue. Ingênuo, hesitando apenas porque se pergunta por onde irá Ganda tentar escapar-se. Como irá o moçambicano evitar aquele martelo pesado que está prestes a abater-se sobre a sua cabeça. John Dale, o rosáceo rinoceronte branco, vinte e três vitórias das quais dezessete por *knock-out*, uma única derrota mas apenas porque estava adoentado, porque não estava em forma, e que portanto não deveria constar, manchando o seu impressionante *palmarés*.

Ganda, o leopardo negro, está quase imóvel no seu canto. Ocupa-se a disparar reflexos azulados da sua pele que encandeiam o oponente. Talvez seja também por isso que este hesita. Porque durante o fragmento de um momento perde a noção de onde está.

"Repara bem, miúdo", é o Jeremias novamente. "Repara bem como ele faz.". Parece preguiçoso, parece até ligeiramente receoso face àquela massa enorme, àquela massa rósea que cresce para ele. Nada mais enganador, porém. Ganda está a estudá-lo, está a cercá-lo, e nos escassos minutos que decorreram descobriu já quase tudo. Pequenos tiques, pequenos vícios que o outro não suspeita que está revelando quando avança despreocupado, hesitante apenas na medida em que não sabe ainda por onde o negro irá tentar escapar-se.

"O Ganda é uma aranha paciente lançando os fios da armadilha, uma cobra mamba traiçoeira preparando a sua picada mortal", volta o Jeremias já fora de si mesmo, derramando metáforas para cima de Vicente, iluminando-lhe a camisa cinzenta com elas, insatisfeito com as que cria e tentando outras, novamente insatisfeito com a pobreza das palavras, tão aquém deste momento, sem saber como fazer os outros verem as imagens que traz dentro da sua agitada cabeça. Leopardo negro, aranha, cobra mamba, Ganda é o conjunto dos bichos do mato, usando cada um a sua mais mortal artimanha para cercar o rinoceronte cego e cor-de-rosa que avança.

Tanta previsibilidade, tanta certeza dos circunstantes. Al Pereira, o pequeno empresário, ao mesmo tempo que limpa o brilho de suor da sua calva tenta adiar essa certeza, tenta escamoteá-la para manter presa a clientela. Que não, que John Dale é o rinoceronte invencível de Bulawayo, o assassino dos ringues. Apregoa os atributos do visitante-invasor aos quatro ventos, aos quatro lados do ringue, para trazer verossimilhança ao combate. "O rodesiano vem aureolado da fama de lutador com batida forte, mas não nos podemos esquecer que o beirense tem dado provas mais do que suficientes para não descrermos das suas possibilidades", dizia ontem o *Diário de Moçambique*. "O nosso terá que se haver com Dale, uma coqueluche que nos vem da Rodésia. As possibilidades de Ganda, se bem que sujeitas a condicionalismos de vária ordem, são as de um pugilista de primeira água, o que não quer dizer que Dale seja pão mole. Longe disso, pois temos para nós que o rodesiano, com estonteante velocidade de movimentos [*sic!*], poderá pregar a partida a Ganda", escrevia o *Notícias da Beira*. Ou, ainda, "Trata-se do prato forte da ementa da noite. No ar andam ameaças veladas de parte a parte, mas é agora, no ringue, com o público por testemunha, que a questão será esclarecida. O resultado feito esta noite poderá mudar o rumo da carreira de qualquer dos pugilistas.".

Tantas versões para confundir um desfecho que é mais que certo! Al Pereira, o empresário, diminuindo o negro por inércia e estratégia comercial: "John Dale, o monstro da África Austral, contra o nosso Ganda, que se procura afirmar no pequeno quadrado do ringue onde tudo se decide.". E o povo fingindo que acredita, quase acreditando, pois é tão raro um negro conseguir qualquer coisa contra um branco.

– Se calhar este branco é mesmo perigoso – diz Sabonete, agourento. – Se calhar é desta que Ganda vai tropeçar.

– Não ouças o que ele diz, miúdo – corta o Jeremias irritado. – O Sabonete tem sempre medo de tudo. Isto acabou muito antes de começar. Acabou já há muito tempo. Talvez ainda houvesse hipóteses se o branco tivesse subido ao ringue antes de Ganda nascer.

Mas é tarde, e para poder ganhar aqui no Ferroviário, aqui no Pavilhão do Engenheiro Sousa Dias, ele vai ter que esperar muito. Vai ter que esperar que Ganda se canse de lutar, que se aborreça de tantas vitórias. Daqui deste campo o rinoceronte não leva nada. Aqui é a casa do Ganda. A nossa casa.

Sabonete, ao lado, amua com o amigo, quase se iniciando uma zanga paralela à do ringue.

Ganda. Sapateiro de dia, leopardo negro de noite. De dia anônimo artesão da sovela e meias-solas. Humilde até na forma como negocia com os clientes ali à sombra do ringue. Mas depois vem a noite e ele despe a camisa e expõe o torso magro, as costelas salientes como traves do casco de um barco inacabado. Estala os dedos das mãos, estala os braços secos, estala os ossículos do pescoço. E os estalidos significam que Ganda se está transformando. E quando a luz amarela lhe acende os olhos é porque Ganda já se transformou. Já é um bocado mágico da tradição, um desenho vivo dos *Marvel comics*. Ganda, o leopardo negro de olhos amarelos. O leopardo frio de olhos amarelos.

Ganda por fim movendo-se. Lentamente, porque vai levar o povo consigo e o povo é uma massa difícil de pôr em movimento.

Lentamente começa a ondular o corpo magro de leopardo brilhante untado com o seu cuscus. Lentamente se move agora de um lado para o outro, aranha verificando a solidez dos fios da armadilha que deixou montada nos quatro cantos daquele ringue. Ganda finalmente avançando, montado no rumor da multidão. Um rumor que cresce feito de tanta diversidade, de agudos gritos expectantes e graves anuências, todos juntos formando uma só voz, nem grave nem aguda, lisa como um espelho refletindo-se em si próprio, um comboio uivando ainda lento, depois agilizando-se, encurtando o fôlego em compassos que se vão subdividindo numa urgência súbita de chegar ao fim. Já não se sabe se é Ganda que transporta a multidão, se ela que leva o lutador em ombros. Que diferença na abordagem! O rinoceronte planeando um murro só, definitivo, contando com a sua força; Ganda, pelo contrário, executando a complicada coreografia que teceu, ubíquo no espaço, ubíquo no tempo, uma incerta aragem rondando por ali, um vulto, várias sombras esgueirando-se. Uma ameaça.

Vicente também ele se entusiasma, também ele procura ver por entre as inúmeras cabeças o combate acontecendo. Estica-se, procura os amigos e não os encontra naquele revolto mar de entusiasmo e de vingança.

O rodesiano, pobre dele, vai socando às cegas, mas é no ar que ele bate pois Ganda há muito que já não está onde ele pensa que estaria, Ganda já rodeou esse espaço dançando lentamente, ondulando o seu corpo magro e seco ao som da ordem do povo. Se o rumor popular esmorece, Ganda recua, e ao pobre rodesiano, que pensa que ganha terreno, volta o sorriso, volta a bravata. Mas logo depois vêm as explosões sonoras assinalando cada tentativa gorada de John Dale, cada ardil de Ganda que redundou em sucesso. Por cada golpe do moçambicano um pequeno corte, um pequeno inchaço amolecendo a presa antes do golpe final.

Que chega mais súbito do que seria de esperar, com o rinoceronte desfigurado por um *upper-cut* demolidor, definitivo. Massa inerte e volumosa de carne arrastada pelo chão, deixando nele um rasto de baba aguada, dentes e sangue espesso e granuloso. E Ganda saltitando ainda, ondulando ainda, perscrutando ainda como se esperasse a traição de um retorno repentino do derrotado. Gesticulando no ar como se, destruído já o invasor, fosse ainda necessário destruir a sua sombra.

Depois serenaram herói e povo. Imóvel, no meio do ringue, Ganda esperou que o ruidoso agradecimento da multidão enfim esmorecesse. Faltava ainda esse passo para que ele voltasse a ser o tímido sapateiro de sempre. E enquanto esperava olhava em volta como se procurasse identificar, um a um, quem presenciara o combate. Inevitavelmente acabou por trocar com Vicente o seu olhar frio e amarelo.

Vicente, percorrido por um arrepio, confirmou então a importância e a força que têm os olhares.

* * *

Foi então que o rapaz cometeu aquele gesto tresloucado, achando que Sá Caetana não podia ficar sem resposta.

Vai-te, Dr. Valdez. Desenterrei-te de um buraco qualquer de onde não esperavas sair nunca mais. Tirei-te do esquecimento, trouxe-te para a cidade a visitar velhas amigas. Arejei-te as roupas, cofiei-te os bigodes, aqueci-te a alma. Reconstruí pacientemente a tua imagem, os trejeitos de que já ninguém se lembrava. Trouxe verossimilhança ao teu fantasma. Tornei a tua presença desejada por outros. Com que intensidade te imaginei quando todos te haviam já esquecido! Para receber o quê em troca? Meia dúzia de tostões com que pagar uma cerveja aos amigos, meia dúzia de tostões atirados para o chão para que eu me vergasse a apanhá-los. E uma grande sobranceria. Sempre estiveste na minha mão embora pensando que a velha hierarquia te defenderia. Indolente na tua inércia, partiste do princípio de que eu era como o meu pai, de quem nem sequer te lembravas. Desempenhando a tarefa mesmo antes de ela me ser ordenada, e ainda por cima agradecendo. Contavas com o adversário para te defender desse mesmo adversário. Vai-te, Dr. John Dale Valdez!

Enquanto Vicente mantinha este diálogo interno e definitivo com um cabisbaixo Dr. Valdez, Sá Caetana agravava as coisas, imprudente, sem se dar conta dos riscos que corria:

– O rapaz tem a cara do pai, doutor. Olha-se para um e vê-se o outro. O mesmo olhar doce e prestável. Isto é, nos dias em que ele olha direito. Pensando bem, e curiosamente, acho-o até um pouco parecido consigo. Guardadas as distâncias, é claro.

Havia naquelas palavras um insuportável misto de saudade e ironia. Saudade do velho miúdo enviado pelo pai, ironia quando enfrentava o novo. E amargura. E desafio.

Queres que eu olhe direito, minha patroa? Queres ver os meus olhos para neles veres os olhos de Cosme Paulino, meu pai e teu fiel servidor? Queres que eu me lembre dele para poder lembrar-me de quem sou, minha querida patroa?

Tão insuportáveis eram as palavras que ouvia, tão indignado se achava que Vicente, as mãos trêmulas e a cabeça desvairada, cometeu aquela loucura. Diga-se, em seu abono, que se concedeu ainda uns breves instantes, debatendo-se. Diz-me qualquer coisa, Senhora Grande, faz um gesto só, dá-me um brilho dos teus olhos tristes para que eu possa voltar atrás. Dá-me um só brilho desse olhar para que eu tenha o caminho do regresso iluminado.

Mas Sá Caetana, que continuava a fitá-lo, tinha nos olhos apenas o brilho do desafio. E Vicente não teve outro remédio senão fazer aquele gesto brusco e definitivo. Retirou a máscara-elmo de cima da cabeça sem dar tempo ao pobre Dr. Valdez que o tentasse dissuadir ainda uma derradeira vez. Calou-se pois o doutor para sempre.

Quanto a Vicente, desnudou-se. Vê agora – e é visto – sem a intermediação da máscara-elmo nem de ninguém. Plantada no meio da sala, é quase ridícula a figura do rapaz. A roupa de Valdez, muito engomada, não condiz com o seu corpo franzino, não se enruga para deixar o registo dos seus movimentos. Traduzem, corpo e roupa, o desencontro que houve entre os dois, o criado e o fantasma. A cabeça pende-lhe ligeiramente para a frente, mal iluminada por uma expressão triste, muito menos agressiva do que Sá Caetana esperaria. Na mão uma máscara-elmo oca, também ela tendo perdido o vigor que manifestou enquanto encimava a cabeça de Valdez. O enigmático sorriso de madeira é agora um esgar imóvel de onde fugiu todo o desplante. Os olhos, dois buracos negros de onde escorreu toda a ameaça. Poderosa arma reduzida a inócuo objeto de artesanato.

Sá Caetana inquieta-se, todavia, com a transformação. Deveria esta tê-la tranquilizado pois que o desconhecido de há pouco voltou a ser o seu criado de sempre. Teme, porém, pela irmã, pelo efeito que esta visão provocará nela. Desajeitada, tenta interpor-se entre o rapaz e Sá Amélia, sabendo, no entanto, ser já tarde para manter o jogo.

Surpreendentemente, Sá Amélia permanece imperturbável. O mesmo chocalhar de pulseiras denunciando o permanente movimento dos seus braços, o mesmo ranger do sofá navegando em círculos pela sala e dando conta do seu peso. Aquele ar suspenso, indeciso entre o deixar-se embalar pelas histórias que ouve e a vontade de intervir. Vicente já estava de máscara na mão e cabeça destapada, desnudando a mentira, e Sá Amélia, ligeiramente inclinada, procurava ainda escutar o Dr. Valdez.

– Na esmagadora maioria dos casos – lembra ainda este num fio de voz, nas suas talvez derradeiras palavras – a arterite de Tokayasu provoca cegueira parcial ou total, seguindo-se eventualmente a morte.

Sá Amélia estava cega. Cegara já há dias, quiçá há semanas. Nem ela saberá ao certo, pois é esta uma difusa transição. Figuras reais movendo-se pela sala, fantasmas desenterrados do fundo do tempo, obscuros objetos do desejo recuando do futuro, todos se confundem na mente da velha senhora sem que ela possa distinguir uns de outros, destrinçar hierarquias, saber quem prevalece em que momento, e quem se deixa submeter a um papel mais secundário. Impossível percebermos tão sutis diferenças, antes vendo e pensando já não vermos, depois deixando de ver, mas convencidos de que ainda são reais as sombras que à nossa volta dançam. Sá Amélia inclinava a cabeça, ajeitando o ouvido para escutar melhor as palavras que ainda ouvia, palavras de um Dr. Valdez já calado, de um Dr. Valdez já ausente. Fazia-o semicerrando os olhos baços e mortiços de onde o olhar emigrara, ante o olhar perplexo da Senhora Grande e de Vicente.

* * *

Quanto tempo acalentou Vicente este desejo! Imaginava circunstâncias e atitudes, desafios e respostas, encontros ocasionais até. E enquanto o fazia quedava-se absorto a olhar para uma montra de vidro e para os seus reflexos, se era domingo e passeava com os amigos; ou interrompia os seus afazeres – o lavar de uma panela, o esfregar do chão da cozinha – e ficava imóvel, os olhos abertos sem expressão, se era num outro dia qualquer. Até o permanente assobio se esvaía, substituído pelo pesado silêncio do tic-tac do relógio de parede da sala.

Sá Caetana era então percorrida por um estremecimento e vinha espreitar a que se devia todo aquele silêncio: estava sempre a pressentir desastres. Via o rapaz assim, suspenso a meio de um gesto, e interpretava mal esses momentos. Será que Vicente, olhando pela janela deste modo, está viajando de volta à sua terra? Será que se entristece com o que perdeu, se deixa invadir pela saudade? E a Sá Caetana chegava-lhe algum remorso.

Quando não era assim era de outra maneira qualquer. Como nesta noite, imóvel, parada, em que o calor é insuportável. Daquelas noites em que tudo está pronto para a chegada da chuva. A noite é uma gazela nervosa, a chuva o seu leão. Cada gazela tem o leão que lhe cabe e atravessa tensa a vida inteira à espera do momento fatídico em que o encontrará cara a cara, pela primeira e última vez. Quando conclui que não há saída, que chegou finalmente esse momento, amansa estranhamente e alonga o pescoço, preparando-o para o definitivo golpe. Alivia-se, naquele curto preâmbulo, da tensão da espera. A serenidade desta noite constitui esse momento: as flores submissas viradas para o chão, os cães vadios olhando o céu escuro. A imobilidade total.

Quebra-se, no entanto, o encadeamento certo porque a chuva não chega. Cada momento parece o último daquela espera; mas continua a vir, em seguida, outro último momento. O calor é insuportável. Vicente revolve-se na esteira, alagado em suor, envolto no seu cheiro intenso e febril, tentando dormir. Entra no sono e sai dele, agitando-se na margem estreita que demarca a lucidez do delírio, para um lado e para o outro.

A escuridão dos dois lados. Num deles a esteira dura, a espera; no outro o balcão de madeira e lata de uma barraca da Chipangara onde Vicente bebe com os amigos os últimos tostões da gratificação de Valdez. "Bebe essas moedas com os teus amigos", dissera-lhe ele, e Vicente obedecia. Engolem vorazmente como se estas fossem as últimas cervejas. Enquanto bebe vai olhando em redor, para as inúmeras barracas iguais àquela onde outros Jeremias e outros Sabonetes lançam para o ar as respectivas gargalhadas.

Mais um suspiro da noite do lado de cá, aguardando a chuva que não chega; mais uns goles dos gargalos. Mais uma volta na esteira e o olhar de Vicente esbarra no sorriso enigmático de Maria Camba Françoise, encostada a um daqueles balcões, brilhando única no meio dos vultos cinzentos. Entreabre os lábios pintados de vermelho-escuro e deixa que se soltem os reflexos alvíssimos dos seus dentes, que aquele sorriso evolua para uma franca gargalhada. Que quererá dizer a gargalhada?

Vicente olha em redor. Jeremias e Sabonete continuam espreitando os seus gargalos como se soubessem de antemão serem aquelas as últimas cervejas: Valdez está moribundo, prestes a regressar ao buraco escuro onde o enterraram no Ibo, nos confins do mundo, sem certidão de óbito nem nada. Retorna a

Maria Camba e esta, de longe, faz-lhe um sinal com o dedo indicador para que se aproxime. Um indicador comprido, rematado por uma unha também ela pintada de vermelho-escuro. Convidando.

Vicente avança, deixando os amigos para trás, encandeado pelo farol que é aquele dedo. Segue a mulher que caminha pelo labirinto de barracas e gargalhadas, por entre o tilintar das garrafas e as altercações dos bêbados. Dobram várias esquinas, passam por vários grupos, uns que os seguem com os olhos e lhes atiram risos cúmplices e alvares, outros demasiado mergulhados na festa para poderem notar a sua passagem. Ela na frente, seguindo-a ele.

Novamente a espera. A chuva que não vem, o ranger da esteira encharcada de suor. Vicente ansioso, procurando ainda deixar este mundo, agarrar-se ao sonho que quase lhe escapa.

Maria Camba afasta a cortina deixando entrever uma entrada escura, a boca de um buraco fundo. Faz-lhe sinal para que entre, sempre em silêncio. Vicente obedece, e mergulhando ali o sonho é agora uma negra abstracção de onde fugiram todas as imagens, uma mancha onde, por isso, os sons são preciosos. A sua respiração é pesada, marca-a o esforço e a ansiedade. Mais leves são os ruídos femininos da mulher que deambula por ali entrando e saindo do minúsculo círculo de luz da vela que entretanto acendeu. Ele não ousa ainda perguntar, ela ainda não quer responder.

Os cheiros. O cheiro da cera da vela, do seu fumo que se perde cortado cerce pela escuridão. O cheiro da terra úmida do chão da barraca, da palha úmida do céu da barraca. O cheiro do hálito quente de Maria Camba que lhe segreda qualquer coisa ao ouvido: cheiro intenso, que vem de dentro, e onde pululam fiapos de cheiros menores como o do batom vermelho-escuro, do cigarro, da cerveja, do desejo. E Vicente sem entender aquelas palavras que lhe chegam, sem saber como entretecer nelas as suas.

"Rapazinho malandro", segreda ela, "rapazinho malandro que vou ensinar a ser homem".

O ribombar longínquo e surdo de um trovão interrompe o sonho, adensando a ameaça da chuva. Será que é agora que ela vem? Será que é agora que a insuportável espera se acaba? Vira-se mais uma vez na esteira, volta a partir, a penetrar no mundo que deixou há pouco.

Depois dos cheiros, os gestos. Os dedos de Maria Camba leves como patinhas de inseto passeando-se na planície da sua pele, descascando com minúcia o fruto suculento que é a alma pura de Vicente. As mãos de Maria Camba, ágeis como línguas diligentes, apontando-lhe o caminho que está na frente. E o rapaz tentando segui-la, aprendendo a segui-la.

A seguir o som rouco da voz de Maria Camba, os seus seios volumosos, os montes e os vales da sua pele tensa de onde irrompem e escorrem límpidas gotículas – as primeiras gotas anunciando a bendita chuva e o fim da espera. A chuva desabando e explodindo. Matraqueando no zinco das casas, nas latas do quintal. Percorrendo caleiras e escoadouros com a rapidez de cobras vivas em busca de esconderijos. Espalhando a sua renovação.

Vicente finalmente serenou e ficou olhando o arco-íris. Na esteira como no sonho, saindo da palhota para os primeiros alvores matinais, olhando os balcões vazios, as garrafas espalhadas pelo chão. Despojos abandonados.

Depois, apressado, iniciou o caminho do regresso pelos passeios úmidos e brilhantes, evitando a ronda policial da madrugada, respirando o ar fresco que lava os cheiros fétidos da noite que se apaga.

* * *

O embaraço formal. Sá Caetana e Vicente de olhos no chão, olhando para dentro de si próprios. Sá Amélia olhando para sítio nenhum.

É ela quem quebra o gelo.

– Ai, meu amigo. Nós para aqui com a conversa e esquecemo-nos novamente de lhe servir alguma coisa. Ainda acaba por convencer-se de que já não sabemos receber as visitas – diz, da ponta do seu sofá.

— Tens razão, irmã. Mas deixa que eu trato disso – e Sá Caetana retira-se lentamente pelo corredor, os ombros descaídos, arrastando os pés em direção à cozinha.

Vicente, na sala, não sabe o que dizer. Tenta balbuciar algumas palavras de circunstância, acomodar-se ao novo ambiente, mas só lhe saem pequenos grunhidos imperceptíveis. Sons de um doutor agonizante incrustados na voz de um rapaz que quer nascer e não sabe como.

Passeia-se lentamente pelos cantos da sala – finalmente um criado convivendo com os patrões – passando os dedos pelos pequenos objetos da estante com despudor. Dois velhos exemplares do *Reader's Digest*, um deles sem capa, dentro sorridentes hospedeiras anunciando as vantagens dos voos da Pan Am em direção ao paraíso; um Novo Testamento a que recorre Sá Caetana quando se cansa de bordar os seus gatos e a assaltam hermenêuticas dúvidas; a estatueta de um velho e cego pescador chinês com a mesma expressão de Sá Amélia, simultaneamente ausente e perscrutante; enfim, um velho álbum de fotos do Rufino, amarelas e baças, alguns pratinhos pintados à mão, uma elegante ave de pau-preto com o seu bico afiado. Objetos.

Sente, passeando-lhe nas costas, o olhar inquiridor da velha senhora cega, errático, inocente, e não sabe como responder-lhe. Volta-se finalmente, apenas quando pressente um vulto à entrada. É Sá Caetana que se aproxima de tabuleiro na mão. Alinhados, em cima dele, o bule do chá, duas chávenas e um açucareiro, todos com as mesmas flores azuladas. Ao lado, uma garrafa de cerveja e um copo.

— Aproxime-se, doutor – diz ela. – Tranquilize-se que não vou castigá-lo com o nosso chá de velhotas, ainda por cima açucarado como gostamos de o tomar. Trago lhe uma cerveja bem fresquinha para minorar o calor que faz hoje.

Vicente fica a olhar o tabuleiro, hesitante. Na boca tem um sabor metálico, desagradável, uma secura que sente que a cerveja aplacaria. E quase estende a mão para a garrafa. Suspende, no entanto, o gesto, sabendo que com ele virá uma mudança irremediável, definitiva. "Onde terá ela ido buscar a cerveja?", pergunta-se, dando-se tempo.

— Venha, doutor, sente-se aqui ao pé de mim — diz Sá Amélia ternamente autoritária, dando palmadinhas brincalhonas no lugar a seu lado.

— Não valia a pena todo esse trabalho — Vicente, embaraçado, esquece-se de falar com a voz mais grave de Valdez. Esquece-se ou simplesmente desiste de o fazer.

Sá Caetana nada diz. Depois de aproximar o chá da irmã, pega na garrafa e entorna o seu conteúdo no copo com as mãos trêmulas, deixando que se forme espessa espuma. Vê-se que não está habituada a fazê-lo. Nota-se mesmo um pequeno desprezo por aquele gênero de bebidas, desprezo esse que ela não quer, no entanto, deixar transparecer.

Também para Vicente as coisas não são fáceis. Recebe o copo que a patroa lhe estende e fica com ele nas mãos, sem saber o que fazer.

Tantas portas para atravessar: o frenético som do *mapiko* iluminando-lhe os caminhos que é necessário percorrer para se fazer homem; Cosme Paulino, com paterna autoridade, ordenando-lhe que franqueie a porta da lealdade e da paciência; Sá Amélia, a enigmática patroinha, ensinando-lhe a arte vaga das cumplicidades; o Dr. Valdez, por detrás dos seus alvos bigodes, explicando-lhe como sente um homem branco; Jeremias e Sabonete mostrando-lhe que os homens têm vícios e alegrias, e alegrias nos vícios; Ganda, na sua dança mortífera, levando-o a descobrir a importância do desafio e do olhar; enfim, Maria Camba Françoise revelando-lhe o peso que tem o corpo e como nele se acende o lume do desejo.

Tantas portas, e olhando para a superfície lisa da cerveja que Sá Caetana tão desajeitadamente serviu, Vicente pergunta-se onde irá dar a porta que se vai abrir quando engolir o conteúdo daquele copo. Faz um primeiro gesto de o aproximar dos lábios, pensando que Jeremias o engoliria de um trago só, trago de homem. Mas hesita ao escutar a voz do velho Cosme Paulino segredando-lhe de dentro: "Serve-as como eu as serviria, meu filho." Pregado nele o olhar de Sá Caetana, ligeiramente curioso, ligeiramente arrepiado, como se sentisse já o amargo da bebida que ele ainda não provou e ela jamais provará.

É, porém, demasiado tarde para recuar. Com um gesto seco, Vicente deixa que um primeiro gole lhe inunde a boca. Passeando-lhe na língua e nos dentes sente a frescura metálica da cerveja que pouco a pouco se transforma no calor que lhe vai chegando às veias. Procura até disfarçar o efeito que ela provoca, como se quisesse mostrar à patroa que beber cerveja era já nele um hábito.

Mais um gole, e outro, até que o copo chega a meio.

Vicente segura-o então nas mãos, com cuidado. Não o beberá todo por um respeito novo que lhe nasceu entretanto em relação à patroa. Como se quisesse propor, para aquela batalha, dois vencedores. Ele que conquistava a primeira metade daquele copo, ela que preservava a segunda.

Sá Caetana percebe-lhe a intenção e contenta-se com ela. Toma-lhe o copo das mãos e, sem uma palavra, coloca-o no tabuleiro.

É tarde. Tempo de acender as luzes para contrariar as penumbras que se vêm instalando. Vicente levanta-se, murmura uma despedida delicada e retira-se, fechando cuidadosamente a porta.

Para trás, na sala, fica um resto de silêncio.

– Obrigada, Caetana – acabou por dizer Sá Amélia.

– Obrigada por quê, irmã?

– Por teres servido finalmente a cerveja ao rapaz.

5

Sá Caetana já não pede a Vicente que vá lá fora ao cacifo do correio verificar se chegou correspondência. "A fonte secou", pensa ela, conformada. Aquele tênue fiozinho que persistia em brotar esgotou-se finalmente, interrompendo para sempre a ligação que lhe sobrava com a terra. "Cosme Paulino não me dirá mais nada." E a velha senhora fica perdida na cozinha, imersa numa vaga tristeza.

"Senhora Grande", diria ele se ainda fosse vivo, "esta carta que lhe envio leva uma grande preocupação. Acredite em mim: se há pessoa que conhece o coqueiral é este seu velho criado que o viu nascer e crescer, lhe tratou das doenças e lhe colheu os frutos. Tudo a mando do meu patrão *njungo* Araújo de saudosa memória, e depois da minha Senhora Grande, felizmente ainda viva e espero que de boa saúde."

Sá Caetana impacientar-se-ia como sempre com estes intermináveis preâmbulos do seu criado, quase tentada a saltar linhas no papel para chegar às novidades; mas resistindo, não querendo correr o risco de deixar escapar algo de essencial. "Vê-se mesmo que não é ele quem escreve", diria, abanando a cabeça. "Dita ao seu primo Aliberto e, portanto, não se sente obrigado às regras de economia de quem escreve."

"Sabe, minha querida patroa, é que além de tomar conta da Casa Pequena aqui do Mucojo (infelizmente à Casa Grande do Ibo só vou quando calha, quando os pescadores me querem lá levar, pois há muito que o nosso velho barco deixou de navegar), além de tomar conta da Casa Pequena, dizia eu, não deixo de visitar o coqueiral todos os dias. Assumi essa obrigação há muitos anos e jurei cumpri-la, particularmente desde que a senhora partiu e não tenho outros olhos que me ajudem."

Sempre assim. Sempre os intermináveis preâmbulos antes de entrar no essencial, que sem dúvida será uma lamentação ou um pedido que ela não estará em condições de satisfazer. Tudo isto adivinhado pelos multiplicados sinais de que assim é. E, de facto, lá viria a lamentação:

"Sinto, porém, que algo se transformou. Ou é o coqueiral que já não respira como antes ou sou eu que não consigo tratar dele como tratava." Cosme Paulino diria isto com uma espécie de vergonha. A extensão do seu preâmbulo era a exata medida da sua vergonha.

"Não é que não chova, porque felizmente ela tem sido boa e abundante, fazendo aquele som arranhado se é nua a terra que fustiga, mais discreto e abafado se é terra coberta de capim. Formam-se pequeninos charcos onde coaxam as rãs, fica tudo de um verde mais intenso, molhado e reluzente."

Sim, espalham-se os cheiros, costumam ficar à solta excitando o nariz e a alma. Que falta sente Sá Caetana desses momentos! Que bem que ele os descreve! E por um momento reconcilia-se com os preâmbulos do velho criado, deixa-se transportar de olhos fechados e um meio sorriso entreabrindo-lhe os lábios. Mas não sendo por falta de chuva que Cosme Paulino deixava de poder dar conta do recado, então por que seria?

"Também não é porque o meu corpo esteja agora muito mais velho e cansado", prosseguiria ele. "Está-o, é certo, mas felizmente ainda consigo percorrer os corredores por entre as áleas de coqueiros, afugentar os miúdos que sobem lá acima a roubar cocos que não são deles. Que, de resto, não são quase de ninguém, velhos que estamos nós os dois, a senhora enquanto legítima proprietária, eu enquanto dono provisório, esperando tão só o seu regresso para até isso deixar de ser. Não é pois por causa do meu corpo, que ainda me sinto capaz de mergulhar no mar Índico e lutar com as ondas desde que não sejam muito altas. De sentir um formigueiro quente se me passam perto umas belas coxas de mulher e for num dia em que as dores nas articulações me estejam dando tréguas. Ah, se me sinto capaz!"

Velho malandro, desbocado e sem respeito. Falando assim com a sua patroa!

"Normalmente vou pela praia inspecionando os coqueiros um a um, embora pouco possa fazer se eles decidem amarelecer ou se alguém nos rouba os cocos. Mas sempre aproveito para os ver e para pescar, ocupação que se tornou mais importante desde que por qualquer razão o dinheiro que a Senhora Grande me envia demora muito a cá chegar."

Sá Caetana, incomodada com a insinuação, torceria aqui as mãos onde a arterite vai já deixando as suas marcas. Torcê-las-ia de impaciência devido à insistência do velho, torcê-las-ia também um pouco por vergonha. Como dizer ao criado que já não tem dinheiro que chegue para lhe enviar, como dizer-lhe que o melhor será mesmo que ele fique com o coqueiral, já não como dono provisório, mas como patrão definitivo?

"Pelo menos uma vez por mês também visito a outra ponta do coqueiral, aquela que confina com o mato (não o faço com mais frequência porque a distância é demasiada para os meus pobres pés cansados). E é esta ponta que me preocupa, senhora."

Sá Caetana franziria o sobrolho.

"Calam-se aqui os pássaros e os macacos. Cala-se o vento. Há uma grande serenidade, sobretudo nos dias em que não passam combatentes nem soldados portugueses, em que não passa aqui ninguém. Por essas duas razões – a busca de serenidade e o cumprimento do dever – passei ultimamente a frequentar mais este lugar. Não fosse a Casa Pequena e a necessidade de cuidar dela, não fosse ter que estar perto da praia para ir de vez em quando ao Ibo ver o resto, e mudar-me-ia para aqui. É um sítio bom para descansar, um sítio bom para se morrer."

Sá Caetana persignar-se-ia porque o faz sempre que alguém fala na morte. E, também, por sentir medo daquele lugar que nunca visitou, mas cuja menção lhe provoca um frio interior. E daí talvez Cosme Paulino tenha razão, talvez o melhor que nos possa acontecer seja encontrar um lugar onde ficarmos sem ser notados, fazendo coisas simples como beber água, comer fruta, descansar à sombra espessa de uma árvore centenária realizando o balanço da vida por que passamos, preparando assim a grande transição. É à procura de um lugar destes que ela está há muito tempo, e fica feliz por Cosme ter encontrado o seu. Sacudiria a cabeça para expulsar essas novas divagações que toldam a divagação original, aquela do Cosme Paulino passeando-se pelos limites do coqueiral.

"Não fosse o que aqui acontece, minha senhora, e seria este de fato o melhor lugar. Tenho notado, contudo, algumas alterações inquietantes que me levam a expor-lhe o problema."

Finalmente, o essencial.

"Passei a vir aqui com uma certa regularidade, sobretudo desde que verifiquei, como disse, que este lugar me tranquilizava. De quinze em quinze dias, quase até semanalmente nos últimos tempos. A princípio pensei que o que via nada mais era que uma impressão minha. Há ali um riacho, mais ou menos onde estão marcados os limites da nossa terra: boa água – água fresca, corrida – onde eu costumo lavar a cara para me recompor da caminhada. Ora, com a repetição destas idas e vindas pareceu-me que o tal riacho mudara de lugar. Estás louco, Cosme, pensei, os rios e as árvores nunca mudam de lugar, isso só acontece com as nuvens e os bichos. E deixei passar por essa vez, pensando que o defeito era meu."

Sá Caetana não entenderia aonde o velho queria chegar. Evidente, isso sim, era a infinita paciência de Basílio Aliberto registando tudo no papel. Simpatizava cada vez mais com esse amanuense reformado. "Terei que lhe escrever um dia a agradecer", dir-se-ia.

"Continuei a passar por ali regularmente, embora com o sacrifício que a senhora deve imaginar atendendo à minha condição. E um dia pude constatar, sem margem para dúvidas, que o riacho mudara efetivamente de lugar. Passara-se para o lado do *chilumu*, o mato denso que está para além do coqueiral, continuando ali a correr tão límpido e tranquilo como antes. Extraordinário fenômeno que me levou a aguçar a atenção, que felizmente não tem degenerado com a idade, talvez porque passo os meus dias a observar.

"Mas o que me revelou essa observação repetida, fruto de deslocações agora quase diárias (cheguei a dormir ali mesmo um par de dias), foi um fenômeno inteiramente diferente. Na verdade, o riacho permanecia no mesmíssimo lugar, o que pude comprovar pela relação constante com pequenas pedras que lhe estão nas margens, com árvores que lhe crescem próximo. O que acontecia era muito mais inquietante."

Sá Caetana ficaria agora confundida. Interromperia a leitura por um momento, para se perguntar por que estava o Basílio Aliberto transcrevendo tão docilmente este discurso, ele que antes costumava interrompê-lo, exigindo que o primo Cosme fosse mais prático e direto. Talvez se tivesse deixado enredar no contexto que o outro ia tecendo, talvez estivesse tão inquieto quanto ele.

Voltando à carta.

"De fato, era o *chilumu* que avançava (ou o coqueiral que recuava, não sei bem), tomando conta das franjas, invadindo o capim com as suas lianas ondulantes e rápidas como cobras mambas vivas e zangadas que subissem os troncos e atabafassem as copas, vergando tudo com o seu peso, mais e mais até que os coqueiros deixavam de poder resistir a tanta inclinação (e a senhora sabe bem quanto podem inclinar-se estes nossos coqueiros!), e tombavam com fragor, transformados em massa vegetal estranha e indefinida, já sem a forma de coqueiros que antes tinham. Fugiam as cobras e os macacos atônitos, deixavam os pássaros aquele lugar em revoada. Era o *chilumu* – essa massa verde-escura, quase negra – avançando."

Credo!

"Tentei, claro, quando esse fenômeno se tornou evidente para mim, deter aquela progressão voraz. Não só pelas óbvias razões de ser o tal patrão provisório, e, portanto, com responsabilidades acrescidas, mas também porque me doía ver árvores tão nobres acabando-se daquela maneira. Trabalhei com a intensidade que as minhas forças permitiam – e são elas ainda bastante razoáveis –, abrindo corredores de terra nua à maneira de quebra-fogos. Talvez que essas tiras de deserto desencorajassem a progressão daquele demônio verde-escuro, talvez que ajudassem a secar os malignos sucos. Não calcula, porém, Senhora Grande, o vigor e a obstinação que o *chilumu* pode patentear, lançando as suas lianas como longos e vingativos braços, como hirsuto novelo de dedos indiferente a todos os meus esforços."

Sá Caetana transpiraria neste passo da descrição como há muito Cosme Paulino devia estar transpirando, na vertigem da estupefação. E Basílio Aliberto com ele.

"O que importa, minha Senhora Grande, o que verdadeiramente importa é que o coqueiral recua face a este assalto que eu não consigo travar. Logo eu que queria tanto devolver-lho todo inteirinho, tal como me deixou."

Finalmente, assumindo por inteiro a sua impotência, Cosme Paulino deixaria no ar um comovente apelo diligentemente transcrito para o papel pelo primo Aliberto:

"Que faço, Senhora Grande? Que é que eu faço?"

Graças a Deus, Sá Caetana voltava a si neste preciso momento do seu devaneio, árida de respostas para tão lancinante questão. Por isso, e só por isso, graças a Deus que Cosme Paulino está morto, já imune e indiferente à corrosão do coqueiral. Por isso também, e só por isso, Sá Caetana deixou de pedir a Vicente – tão perplexo na vida quanto o seu pai o havia sido no coqueiral – que vá ao cacifo verificar se há correspondência. Não vá por acaso surgir lá dentro um último e tresmalhado apelo do falecido para a abalar ainda mais.

"Que faço, Senhora Grande? Que é que eu faço?"

Também Vicente procuraria na patroa uma resposta se estivesse distante como o seu pai e lhe escrevesse cartas. Porque ao escrever temos a serenidade de estarmos sós falando com os outros. E por quê? Porque não nos pesa o embaraço da sua presença transcrito nos olhares que recebemos.

Mas no caso de Vicente não há essa distância, todos os dias acossado que é pela sombra da patroa, pelo seu olhar ansioso e inquisitivo, recriminador e triste, onde uma frágil luzinha de energia encobre uma infinita vulnerabilidade. Como se esperasse.

Vicente baixa o seu semblante, ciente da inutilidade de uma guerra assim. A máscara-elmo do *mapiko* ficou na sala desde a fatídica tarde, abandonada, sem que ninguém, patroa ou criado, ouse tocar-lhe. Crescendo-lhe em volta, e por cima, uma fina camada de pó que Vicente não limpa quando limpa o resto da sala, agora com redobrado vigor. Tenta assobiar e o assobio soa-lhe falso, agressivo como um desafio. Cala-se. Sá Caetana, ao lado, anseia por esse som sem lhe dizer. Entristece-se quando ele se cala, quando ele acha o silêncio mais adequado à trégua que quer deixar estabelecida.

Apenas Sá Amélia faz a espaços a ponte entre os dois nestes tempos de difícil convivência. Tira a irmã do silêncio ainda que pagando o preço de uma resposta impaciente; arranca gargalhadas isoladas ao rapaz, um riso curto que soa ainda ao riso antigo, embora logo esmorecendo.

Entretanto, lá fora tudo parece funcionar dentro da arrastada normalidade com que sempre funcionou: as figuras públicas dando a sua opinião sobre as coisas aos jornais locais antes de se refugiarem nos clubes a jogar cartas, por vezes tendo mão (um trio de damas, dois ases), outras sem jogo nenhum; os carpinteiros brancos, com barbas espessas de três dias, passando a caminho da Munhava montados nas suas *Florette*, nas suas *Zundapp*, levando atrás, amarradas com tiras de câmara de ar, a caixa das ferramentas e a lancheira cheia se é na neblina fresca da manhã, ou vazia com restos para o gato lá de casa se é no tempo dos fumos e odores vespertinos; os estivadores, em cachos, carregando sacas de serapilheira e vestidos de serapilheira depois de terem dormido em lençóis de serapilheira e comido uma *shima* cheirando a vapor e a serapilheira, espalhando-se pelo cais como um mar negro e agitado; os médicos dando consultas caras todos os dias, baratas uma vez por semana, receitando misteriosas mensagens em código que só a infinita sabedoria dos farmacêuticos sabe ler, antes de fecharem os consultórios para ir espairecer com as esposas à matinê das cinco; os pescadores saindo para o mar de mãos vazias e voltando ao fim do dia com algum peixe ou quase sem peixe nenhum; as raparigas da Boate Primavera, Zamina, Minita, Irene e Erleny, como outras tantas que vieram antes ou ainda outras que virão depois, passeando lentas pela baixa atrás das suas boquilhas e espremidas nos seus *hot-pants*, dando troco aos marinheiros para que não pensem que os seus piropos ficam sem resposta, antes de recolherem ao redil para enfim se prepararem para os trabalhos da noite; as meninas do liceu Pêro de Anaia, com longos cabelos castanhos, despertando púberes instintos nos candidatos a namorados e fumando às escondidas dos pais e dos amigos dos pais; o cauteleiro arrastando-se por entre as mesas do café sem pedir licença, alardeando as suas roucas promessas; o *monhé* da loja coçando os pés atrás do balcão, indiferente aos clientes que lhe esquadrinham a mercadoria, uns para comprar e outros só para ver; os chineses passando com as suas couves em pequenas carrinhas rastejantes e exangues, ou vendendo com modos suaves e educados os seus pijamas e camisas de casca de ovo, e as suas chávenas de louça fina como pele, com carantonhas no fundo olhando-nos quando bebemos, e nós bebendo sofregamente para salvar das profundezas daquele minúsculo mar esses estranhos afogados; os empregados da câmara municipal fazendo interrupções ao expediente da manhã, imunes ao calor na proteção das suas camisas brancas de casca de ovo compradas no Ping Ta e com os bolsos cheios de esferográficas, circulando a caminho do bazar; os contínuos caminhando nas suas estranhas e contraditórias fardas de caqui, a metade de cima uma camisa à militar, a de baixo uns calções inocentes como se fossem de criança;

os criados batendo tapetes nos quintais, levantando nuvens de poeira; as crianças negras chapinhando em minúsculas lagoas de água da chuva se é depois da chuva, ou na lama quase seca se é dia de sol, com as suas barrigas redondas e os olhos irradiando uma alegria inventada a partir de motivo nenhum; as crianças brancas irradiando essa mesma alegria, chapinhando na praia do Clube Náutico, nas poças de água do mar; os jovens rebeldes do Oceana fumando *suruma* para inventar outra cidade tão encalhada e viva quanto esta; os corvos negros de peitilho branco passeando-se lentamente pela Praia do Veleiro, crocitando nos ramos das casuarinas com voz idêntica à do cauteleiro vendedor de promessas nos cafés; os barcos imensos e descarnados, presos no areal, soltando esquírolas de ferrugem, lágrimas ferrugentas da dor que é a humilhação de acabar daquela maneira, longe das profundezas; os rodesianos cor-de-rosa e sardentos chegando em revoada com as suas filhas belíssimas e muito brancas para comer camarões e beber cerveja, e em revoada partindo; os arquitetos fazendo casas modernas para terem onde morar, e os pobres casas de lata e capim para terem onde sofrer, a cada qual o seu telhado; os cozinheiros cozinhando suflês e gigantescos mariscos cor-de-rosa como o gigantesco John Dale se é de dia, as suas mulheres *shima* com camarões magros e secos como Ganda se é de noite, para enfim todos terem o que comer, cada qual à sua mesa; a bicicleta branca dos *ice-creams* passando a tilintar, anunciando os cones pontiagudos se é Esquimó, de fundo chato se é Alasca, e Vicente correndo atrás dela com as moedas na mão para trazer um sorvete de chocolate, secreto capricho de Sá Caetana; o pão que os padeiros cozem de madrugada espalhando o seu cheiro bom e universal sobre a cidade, igual para toda a gente, amolecendo no chá dos pobres a sua integridade ou deixando derramar sobre as suas fatias um cacho de ovas de caviar importado; as mulheres dos oficiais escrevendo romances melancólicos como murmúrios que as entretenham da angústia da espera; os padres conspirando nas suas inócuas capelas, na falta de alguém mais adequado para o fazer; os soldados chegando e partindo com as mãos cheias de sangue e os olhos de pavor; os combatentes do mato, diz-se em surdina, fazendo fogueiras e conspirando; os pides, atrás dos óculos negros, tomando cafés no Café Capri, vestidos com camisas brancas de casca de ovo dos chineses e fingindo estar de folga, mas na verdade trabalhando; o mangal secando, malgrado o desespero dos minúsculos caranguejos; o mar paciente e obstinado engolindo lentamente a terra na Praia dos Pinheiros e no Macúti, em todos os lugares; as marés cheias e vazias dando a cada uma o seu lugar, mas cada vez as marés cheias sendo mais cheias; e os dias de sol sucedendo-se uns aos outros, com dias cinzentos e chuvosos pelo meio.

Tudo normal, a oficial inanidade ignorando que se conspira em silêncio. E, todavia, se estivessem atentos a esta casa, se soubessem ler-lhe os sinais, se conseguissem sentir a ansiedade de Sá Caetana e o palpitar das dúvidas de Vicente, saberiam que a situação tinha que mudar como mudou.

* * *

Mudou tudo. Mas neste domingo igual a tantos outros apenas uma diferença. Sá Amélia acordou estranha. Tomou o seu chá, recusou a torrada que a irmã lhe estendeu, agarrando-se, antes, à mão que a trazia.

– És tão mais nova do que eu e, no entanto, as tuas mãos são tão mais velhas! – suspirou, passando os dedos por aquelas rugosidades de Sá Caetana, percorrendo as veias azuis e grossas como cordões, detendo-se a acariciar os nódulos escuros, quase negros, que as interrompem de quando em vez. – Tão mais velhas que elas são!

– É porque eu também já não sou nova, irmã. Como querias que elas fossem?!

Sá Caetana, tomada de um desconforto, chegou a esboçar um gesto para retirar a mão. Era pouco dada a estas manifestações de maior intimidade, nunca gostara do contato de outras peles junto da sua. "Come mas é a torrada", quase disse, impaciente. Mas calou-se e deixou ficar a mão quando sentiu a força com que a irmã a segurava, a força do náufrago agarrado à tábua, no oceano.

Durou pouco esta situação. Sá Amélia pareceu normalizar-se, cansar-se do calor da mão da irmã. Pô-la de lado, pedindo em seguida a Sá Caetana que lhe chegasse a velha lata de bolachas inglesas onde guardava os pequenos objetos que lhe serviam de suporte ao desfiar da memória. Abriu-a e foi tirando lá de dentro coisas que espalhava pela cama. Uma fotografia de grupo amarelecida, mostrando a varanda da velha casa do Zóbuè. A meio, de pé, com as mãos nos bolsos, o major Ernestino Ferreira na força da idade. Longos bigodes, fato escuro onde sobressaía apenas a corrente do relógio, relógio esse que Sá Amélia também retirou da lata de bolachas parado às três e um quarto de um qualquer longínquo dia. Passou os dedos – que eram agora como que os seus olhos – pelo minúsculo relógio da fotografia e depois pelo relógio verdadeiro, como se os quisesse comparar, como se tentasse fazer uma ponte entre um passado distante que quase já nem sequer alimentava recordações e um presente que, como o relógio, deixara já de funcionar.

– Que vês aí, irmã? – perguntou.

Sá Caetana, depois de pôr os óculos, via Amélia sentada numa cadeira de palhinha à sombra da figura ereta do defunto marido. Sentada então como sentada passa hoje os dias, como sentada passou grande parte da sua vida. Sentada e olhando com olhos inexpressivos e uma boca de garoupa entreaberta.

– Vejo-te a ti, sentada.

Sá Amélia pergunta-se se não terá sido por ter dado tão pouco uso às pernas que elas acabaram por se imobilizar de vez, e não o contrário. De nada lhe serve, no entanto, colocar questões já resolvidas, perdida há muito a esperança de voltar a levantar-se e a andar. Pelo contrário, a cada dia que passa mais definitiva e consolidada lhe parece a sua imobilidade. Tão definitiva que até vontade perdeu de a reverter. Tão consolidada que há muito lhe parece ser este o seu estado natural, raras vezes lhe ocorrendo ter tido um outro.

– Que mais vês?

Sá Caetana via ao fundo, atrás do casal, um pequeno grupo de pessoas indistintas.

E Sá Amélia não consegue evitar um pequeno sorriso de triunfo. Sabe que nesse grupo está o Chimarizene, velho bêbado, e a seu lado o vulto escuro e feio de Alina, a filha dele. É este o pormenor de que mais gosta naquela fotografia. Passa o dedo atento no seu próprio e minúsculo rosto, ali sentada na cadeira de palhinha, e depois no da rapariga Chimarizene, que sabe exatamente onde está. Como se procurasse compará-los também, esmiuçar-lhes as diferenças: ela própria ao centro, ocupando grande área, a outra anônima ao fundo, figurando ali sem dúvida porque lhe disseram que o fizesse, minúsculo acidente da paisagem; ela clara, mais aclarada ainda porque a tinta se foi gastando no papel com o passar do tempo, a outra cada vez mais escura, perdendo os contornos, regressando gradualmente à escuridão de onde veio. "Onde estará agora a pobre coitada?", pergunta-se, sentindo que a raiva antiga se esvai da mesma maneira que já mal sente o acre do gergelim torrado contrastando com o doce do açúcar que o liga, nos rebuçados da irmã. Foi perdendo os ódios como foi perdendo os sabores, gradualmente, sem quase se dar conta. Ficou-lhe apenas uma grande desistência e aquele resíduo metálico e salgado na base da língua.

– Será que sobrevivi a eles todos? – pergunta-se em voz baixa, partindo do princípio de que a vida que tem ainda é vida.

– Dá graças a Deus por isso, irmã.

– Graças a Deus dou é por não sobreviver à minha filha, e aos meus netos que já devem andar na escola.

Sá Caetana, prudente, evita responder. É raro a irmã referir a filha assim tão desabridamente. Normal é guardar silêncio a esse respeito. Um silêncio amargurado que é como um véu sobre uma história antiga.

— Por que é que Aninhas não me visita?
— Ela está longe, irmã. Tem a vida dela, não pode. Queres que deixe os filhos lá sozinhos?

O argumento parece satisfazê-la, porque se cala. Arruma cuidadosamente a fotografia do Zóbuè na lata das bolachas inglesas, ao lado do relógio do defunto. Torna a mergulhar ali as mãos, procurando objetos ao acaso. Tira de lá uma pulseira de marfim, bela na sua simplicidade, que ela apalpa para sentir o arredondado perfeito da forma, contínuo, sem o mais ligeiro sobressalto. Mas mais perfeito ainda é o significado que ela tem, particular entre todos os objetos daquela lata.

"Toma, filha", disse-lhe Ana Bessa com modos bruscos, modos que não lhe eram dirigidos, mas antes restos da zanga que tivera com o alemão. "Não tenho bonecas de porcelana para te dar, mas dou-te esta pulseira. Não penses que ela vale menos. Foi a minha mãe que me deu." E depois, concluindo: "És e serás sempre minha filha, ouviste?" Assim mesmo, sem um beijo, mas vindo dela valendo como dez deles. Vindo da distante Ana Bessa que já lhe virava as costas, tornando a olhar o mar. Ana Bessa amando Wolf sem limites, mas um amor que apesar de tudo era menor do que o seu sentido de justiça.

— Esta foi a mãe que me deu – diz Sá Amélia em voz alta, em triunfo. – Vale mais que dez bonecas de porcelana.

Sá Caetana ouve, calada.

Em seguida, Sá Amélia desfaz-se das inúmeras pulseiras chocalhantes que trazia nos braços, atirando-as para o fundo da lata, e enfia aquela única, alvíssima, valendo mais que dez germânicos pais, valendo uma mãe como Ana Bessa mais a raridade de ter sobrevivido a todas aquelas décadas. Procura ainda o sabor das coisas antigas.

E Sá Caetana, agastada:
— Não me posso dar ao luxo de ficar aqui plantada toda a manhã, irmã, ainda por cima ouvindo os teus desaforos. Tenho mais que fazer!

Esforça-se, contudo, por lhe perdoar a irritação. É esta a sua sina. Retira-se para a cozinha.

No quarto, Sá Amélia permanece rodando a pulseira no pulso, refletindo. Concluindo a revisão do seu passado. Em seguida arruma tudo cuidadosamente e fecha a lata. Fez as pazes com Ernestino, até com Alina Chimarizene, coitada. Despediu-se da filha Ana e dos netos, depois de ter feito um esforço inglório para se lembrar dos nomes deles. Despediu-se também de Wolf, de quem nunca guardou verdadeiro ressentimento. As suas zangas eram agora concretas, de vir e ir, sobre uma colher de sopa que não queria ou uma mentira que sentia que lhe pregavam. Custava-lhe entender as inimizades antigas. Desbotavam como desbotava o sabor, perdiam-se como se perdera a sua vista e o seu andar. Enfim, lembrou Ana Bessa com saudade, orgulhando-se uma última vez da beleza que ela teve até ao fim, como se fosse uma mãe a orgulhar-se da filha e não o contrário. Já não há nada que queira voltar a ver. Nada, também, que queira ver pela primeira vez. Desiste das coisas. Está pronta.

– Caetana! Ó Caetana! – diz então lá para dentro, num fio de voz.

Sá Caetana acorre prontamente, o pano da louça nas mãos. Vem preocupada, conjecturando pressentimentos, talvez pela tensão que se vive lá fora e que de algum modo se derrama para dentro de casa, talvez pelo timbre que lhe pareceu notar na voz da irmã.

– Que foi?

E depara com Sá Amélia novamente deitada na cama, os lábios esborratados por um velho batom carmim que lhe acentua a palidez do rosto. Preparada para a grande viagem.

– Deita fora a minha lata, irmã – diz-lhe ela. – Já não preciso de nada do que está lá dentro. Estou pronta para morrer.

– Não digas disparates, Amélia, que Deus castiga.

– Deus já castigou tudo o que tinha a castigar.

Sá Caetana benze-se duas vezes, pedindo mentalmente perdão pela blasfêmia da irmã.

— Que é que tens? – e é como se dissesse "responde-me normalmente, pede-me uma patetice qualquer que hoje estou disposta a perdoar-te, a fazer tudo o que pedires sem me impacientar porque os meus pressentimentos são maus e não quero que se concretizem. Pede-me o Dr. Valdez que eu o trago só para ti. Ou a Aninhas, e eu dir-lhe-ei que venha com urgência. Queixa-te até de alguma indisposição sem importância, alguma coisa que eu possa resolver. Tudo menos ser o que eu penso que possa ser".

Sá Amélia quase sorri, como se quisesse agradecer aquela preocupação, como se quisesse desculpar-se de todos aqueles anos de preocupação. E Sá Caetana recusando este momento, esse sorriso, querendo dizer-lhe que está disposta a tomar conta dela eternamente, tudo menos acontecer o que está acontecendo. Tudo menos que aquele sorriso se esvaia como se está agora esvaindo.

— Vicente! Ó Vicente! – grita, alarmada.

Vicente também notou que aquele domingo não era igual aos outros, que no chamado da patroa havia uma angústia nova, diferente da quotidiana impaciência. E vem voando atrapalhado, escorregando no degraus para logo se levantar, abotoando ainda a sua camisa cinzenta, o cabelo desgrenhado, esquecendo-se até de calçar os sapatos que faz questão de usar desde que Jeremias lhe disse que é humilhante andar descalço. Nas mãos traz as farripas de algodão porque adivinhou que era o Dr. Valdez que Sá Caetana chamava quando gritava por ele. "Desculpa, doutor, convocar-te assim às pressas, ainda por cima depois de te ter tratado como tratei, mas suspeito que a patroinha precisa é de ti", dizia-se ele, e mais uma vez o não traía a sua aguda intuição.

Passou pelo corredor como um possesso, entrou no quarto aos tropeções procurando dar-se ares do doutor num atabalhoado improviso, mas nos olhos tendo ainda o brilho assustado do rapaz.

— As barbas, Vicente! Põe as barbas! – ainda lhe grita Sá Caetana, esquecendo-se de que a irmã já só via imagens interiores.

— Não faz mal – intervém Sá Amélia num sussurro. – Deixa-o estar que eu prefiro este Valdez novo ao chato do velho doutor.

As visitas do Dr. Valdez

Hoje já não quero visitas, ao contrário dos outros dias. Hoje só nos quero a nós os três, juntos como se fôssemos uma família. De resto, já me despedi de tudo, falta apenas despedir-me de vocês.

É, portanto, um Dr. Valdez descomposto e despeitado que se aproxima da cabeceira de Sá Amélia. Diz-se que os escultores têm a alma nas mãos, e foi assim que Vicente, filho dos escultores do pau-preto, se sentiu quando estendeu as pontas dos dedos para tocar suavemente na face rugosa de Sá Amélia. De olhos semicerrados, querendo sentir como ela para melhor a compreender e ajudar. Tanto lidou com estas formas rebeldes, com esta carne quase morta, que mesmo de olhos fechados lhe adivinha cada relevo, cada nervura.

– Larga, rapaz! – sacudiu ela, arisca como sempre. – Onde se viu esta falta de respeito?!

Vicente sorriu ante aquela súbita energia que se foi tão rápida como veio (era apenas fingimento, uma tentativa efêmera de os tranquilizar). E obedeceu prontamente, como sempre fez. Depois, num fio de voz, começou a trautear:

– *Tambu tambulani, tambu tambu, tambulani...*

Tentava animá-la. Tentava demovê-la de seguir o caminho que a velha senhora escolhera.

Sá Amélia, esquecida já da sua irritação, ainda procurou aderir à proposta espetando os dedos para que o rapaz os pudesse contar, abrindo a boca de garoupa para melhor colocar a sua voz desafinada e áspera.

Nenhum som dali saiu, porém. Só um sorriso de cera, cada vez mais tênue e mais branco.

***

Correm os dias depois do mês de abril. Foi-se num golpe súbito o tempo opressivo do calor e da umidade que colava a roupa aos corpos e deixava o povo tenso e cabisbaixo. Dias cinzentos em que a alegria era um bem escasso e importado figurando apenas nas invenções dos jornais. Seguiu-se uma aragem fresca, e as novas parangonas, entretanto aparecidas, reduziram as velhas entrevistas dos notáveis a minúsculas e sarcásticas referências normalmente em perdidos cantos da quarta ou quinta páginas. E depois delas já nem podem eles jogar cartas no clube como faziam, desfeitas e desirmanadas as mesas de quatro que antes tão sólidas pareciam (jogam os mais renitentes monótonas *solitaires* como se quisessem segurar o tempo); passam os carpinteiros atarefados nas suas *Florette*, nas suas *Zundapp*: é preciso martelar as tábuas dos contentores daqueles que partem desirmanando as mesas do jogo; no cais, sob bandos de gaivotas que piam furiosas, entreabrem os lábios grossos os estivadores sem nome, vestidos ainda de serapilheira mas deixando já resplandecer sorrisos brancos e expectantes; os consultórios estão vazios, as matinês vazias, as farmácias vazias, portando-se os médicos angustiados como pessoas de outra qualquer profissão, tão perdidos quanto elas; seguem os pescadores para o mar, passando ao lado da mudança com feroz e altiva individualidade, procurando peixe como procuravam, falando pouco como sempre falaram; Zamina, Minita, Irene e Erleny, antes tão distantes, baixam os preços dos seus serviços e deixam-se contagiar pelo nervosismo dos clientes; fumam as meninas do liceu Pêro de Anaia abertamente, falando de política com os namorados; o *monhé* das roupas, o chinês das porcelanas, vendem ambos como nunca, enchendo contentores que os carpinteiros das *Florette* e das *Zundapp* irão fechar com roupa de casca de ovo e chávenas no fundo das quais velhos e carrancudos orientais aguardam o chá estrangeiro que os irá afogar; no Oceana, fumam *suruma* os jovens para inventar ainda outra cidade diferente da que tinham, diferente da que entretanto inventaram; já não há rodesianos nem as suas filhas só aparentemente inocentes; a Pastelaria Riviera e o Café Capri iluminam-se num último fulgor de prosperidade: tilintam as louças nas bandejas dos criados apressados – Com licença! Com licença! –, toda aquela massa agitada querendo tomar um último café; jorra a cerveja e passam travessas de mariscos em festins de quem deseja matar neste presente todo o futuro; perdem os criados os patrões, nervosos, inseguros e contentes; Sá Caetana continua a comer o seu secreto sorvete de chocolate sempre que Vicente se lembra de o comprar na esquina da rua; desapareceram os pides da face da terra, juntando-se à manada ou correndo como baratas espavoridas; os soldados vão partindo, livres enfim daquele enredo, e os combatentes do mato chegando, trazendo a conspiração para a luz do dia; prosseguem os corvos os seus voos insolentes; choram os navios ainda encalhados as suas lágrimas de ferrugem, cada vez mais escanzelados; as marés sobem e descem na sua monótona tentativa de engolir a terra, aos poucos conseguindo o seu intento; os dias sucedem-se uns aos outros com noites de permeio.

Vicente foi com os amigos ver passar os combatentes. Vêm em grandes caminhões, muito alinhados nas suas capas verde-oliva onde a chuva miudinha semeia milhões de lantejoulas brilhantes. Cada caminhão que passa, roncando na voz grossa dos seus poderosos motores, levanta um rumor concertado da multidão. Cada caminhão, ao passar, pisa um imenso charco na berma da estrada, e a água espirra sobre o povo que recua às gargalhadas. Depois avança outra vez, para espreitar o próximo que vem vindo, roncando, novamente a poça de água espirrando, novamente as gargalhadas e ele recuando. Como um corpo só, ondulando em uníssono, antecipando com o seu grito a chegada de mais um da longa fila de caminhões que se derrama incessante para dentro da cidade. Uma pureza rural e masculina cobrindo esta cidade vadia.

Vicente repara nos combatentes em cima dos caminhões que passam roncando. São jovens como ele – uns vinte por caminhão – alinhados e tensos, as mãos cerradas nos canos das AK-47 que levam entre os joelhos como falos empinados. Procura, um a um, cada olhar dos vinte que tem cada caminhão. Fá-lo para cada caminhão que passa. Vieram de longe, de todos os lugares, talvez mesmo do Mucojo. Tenta reconhecer algum amigo de infância, mas logo lhe parece a ideia absurda e descabida: parecem todos iguais dentro das suas fardas. O mesmo semblante, as maxilas cerradas, os pequenos olhos brilhantes, vazios e duros. Assustados.

Jovens novos, homens novos vindos do nada, sem o peso de uma história a que possam chamar sua, sem os meandros obscurecidos que as histórias privadas normalmente comportam. Leves, regressando do futuro para vir buscar os seus compatriotas.

Jeremias, ao lado, nota-lhe o interesse.

– Gostas, miúdo?

– Sim – responde com voz sumida, meio embaraçado pelo contraste que os combatentes fazem com a sua própria pequenez. Com os seus calções de sarja de criança, coçados no rabo, aquelas fardas engomadas; as botas engraxadas com os seus pés descalços (esqueceu-se dos sapatos outra vez!). Lamenta intimamente o tempo que perdeu estudando a vestimenta de um doutor antigo, o seu sentir e o seu falar, quando podia ter feito o mesmo com o sentir e o falar de um combatente. É jovem, deixa-se transportar.

Aqueles olhares que desfilam, brilhantes de orgulho e de triunfo, fazem-lhe vir à memória, sem que saiba bem por que, um outro olhar. O olhar de um sapateiro que era pugilista nas horas vagas e pena foi que não tivesse sido o contrário. Um olhar em tudo quase idêntico, só que um pouco mais amarelo e com uma ou duas diferenças sutis: o de Ganda assinalando os espectadores um a um, estes passando altivos por cima de toda a gente, montados nos seus caminhões; o olhar dos combatentes inflamando a mole e fazendo-a gritar, o do pugilista incendiando cada um e fazendo-o pensar.

Foi um tempo em que os três vagueavam pela cidade, sorvendo eufóricos aquela mudança. Chegavam tarde ao serviço, escapavam-se cedo, beneficiando da súbita benevolência de patrões perplexos e cautelosos. Queriam apalpar a realidade, saber como mudavam as coisas e em que direção, na cidade vadia que procurava esconder os seus buracos e as suas doenças pintando-se e engalanando-se, fazendo como Maria Camba fazia nas noites de movimento.

"Viva o Homem Novo!", diziam as frases nas paredes. E os três respiravam fundo, Jeremias e Sabonete já leves como pássaros voando pelas ruas da cidade, novíssimos em folha, Vicente algo mais pesado na sua roupa cinzenta, procurando acompanhá-los, mas pesando-lhe ainda na consciência as duas patroas que tinha e o mundo que elas lhe faziam recordar.

Novamente os terreiros da Chipangara, hoje vazios talvez por ser meio da semana e fim do mês, talvez por serem outros os interesses populares. Sem dúvida que a cidade se vai modificando, mas eles, apesar do novo entusiasmo, estão ainda apegados a hábitos antigos.

– Quanto a mim, vou ser soldado como aqueles que vimos passar nos caminhões – disse Jeremias, entre dois goles de cerveja.

Queimam o resto da gratificação do Dr. Valdez, dinheiro antigo, de outra forma sem préstimo algum. Estão sentados num dos poucos bares abertos àquela hora. Falam da vida, filosofam cercados de raparigas à procura de clientes, insistentes como insetos.

– Soldado? – perguntou Vicente interessado.

– Bom, com farda sim, mas terá que ser uma farda especial, uma farda de comandante – depois de refletir um pouco Jeremias corrige a perspectiva.

– Por que não soldado simples?

– Soldado simples é bom para miúdos como tu, ainda em fase de aprendizagem. Eu tenho mais experiência, mais idade. Tenho muito a ensinar a esses tipos lá do mato: como se atravessa uma rua sem se ser atropelado, como se acende uma lâmpada ou se abre uma torneira, o que fazer com uma miúda destas que aqui estão – disse, piscando o olho para o lado e bebendo mais um trago.

Ria-se alarvemente. Falava alto. Estava a beber para além da conta.

Vicente evitava Jeremias sempre que o via naquele estado. Por isso se virou para Sabonete:

— E tu, Sabonete, o que vais ser?

— Ainda não sei – respondeu este sorrindo, na sua proverbial prudência.

— Eu digo-te o que ele vai ser – era o Jeremias novamente interferindo. – O Sabonete vai ser juiz.

— Juiz?

— Sim, juiz. Porque tem muito mais juízo do que nós. É um bom emprego, passeia-se de carro com motorista, decide-se a vida dos outros.

Todos se riram do embaraço de Sabonete, achando até que não seria má ideia.

— Não penses que vai ser trabalho fácil – explicou Jeremias. – Vais ter que julgar e condenar esses *muzungos* todos. Dia e noite, que eles são muitos. Já te imaginaste a julgar o teu patrão? Ele atrapalhado, implorando humildemente: "Não me faça isso, senhor juiz Sabonete, que eu tenho mulher e filhos. Não me faça isso, em nome dos velhos tempos." Piorando, portanto, as coisas. E tu respondendo: "Não sei que velhos tempos são esses. Ou melhor, sei bem demais, e se tu fosses esperto, ó ex-patrão, nem falarias aqui neles para não piorar a situação. De resto, está decidido: ficas sem a casa que eu limpei durante anos a fio e levas com dez anos de reeducação para que te esqueças até do nome que tiveste." Bates com o martelo e acabou-se.

Sabonete ouvia calado, sentindo um certo desconforto a crescer dentro de si.

— Se o juiz sou eu, cabe-me a mim decidir, não a ti – disse.

— É assim que vai ser, já disse. Bates com o martelo e dizes: "Está decidido, levem o preso!" E eu venho com os meus soldados para levar o condenado. Esse teu patrão de merda!

Vicente interrompeu o diálogo, procurando mais uma vez mudar o rumo da conversa:

— E Maria, o que vai ser? – perguntou.

Maria Camba Françoise acabara de chegar. Aproximara-se por trás, vermelho-escura como sempre, embora sem o mistério de outras vezes, por estar de folga. Passara a mão pela nuca de Vicente, suavemente, provocando-lhe um arrepio e despertando-lhe memórias de outros lugares e outras situações. Sentara-se a seu lado na esperança de conseguir uma cerveja.

– Essa vai continuar a ser o que sempre foi. Uma puta – Jeremias tentava ser jocoso.

Caiu mal aquele alvitre, que só ele achou engraçado.

– Eu digo-vos o que vou ser se me pagarem uma cerveja – interveio Maria Camba sem rancor. Tinha sede.

– O quê, afinal?

– Vou ser uma nova mulher, deslocando-me de *Volvo* e motorista como o juiz Sabonete, fumando através de uma comprida boquilha e usando roupas novas todos os dias. E vou deixar de frequentar este local lamacento onde só vem gentinha pobre como vocês – ria-se, brincalhona.

– Fica sabendo que este local vai mudar muito com a independência – interrompeu-a, agastado, o juiz Sabonete, embora modesto nas suas expectativas: – Vai ser cimentado para podermos beber e dançar nele. Acabou-se essa história de chegar com os sapatos engraxados e sair com eles enlameados numa lástima.

– Talvez me mude para a Boate Primavera ou outro sítio ainda mais seleto – prosseguiu Maria Camba, ignorando a interrupção. – E só servirei dirigentes verdadeiros, esses que vieram do mato e que agora vão mandar. Não comandantes de última hora como tu – rematou, pondo os olhos em Jeremias.

E este, despeitado:

– Eu não digo?! Seja quem for que vieres a servir vais continuar a ser a puta que sempre foste.

– Não fales assim com ela – reagiu Vicente, revoltado.

Maria Camba lançou-lhe um olhar onde havia uma certa ternura e um duplo agradecimento. Por ter vindo em sua defesa e por lhe ter mandado vir a cerveja, que bebia com muito mais interesse do que aquele que devotava às provocações de Jeremias.

— Olhem para o miúdo?! A defender a rapariga... — Jeremias não desarmava. Sempre que bebia daquela maneira voltava-lhe a agressividade antiga.

Sabonete, que conhecia bem o companheiro, procurou apaziguar as coisas, cortando o assunto:

— E tu, Vicente, o que vais ser?

— Eu? — disse, meio constrangido. Ficava assim sempre que se sentia no centro das atenções. — Ainda não sei. Sou jovem, tenho tempo de decidir.

Ainda e sempre aquela luta dentro dele. Querendo ser leve como os combatentes que chegavam, mas não sabendo como desfazer-se do peso que transportava.

— Também podes ser soldado, e se calhar com muito mais futuro do que nós — o Jeremias insistia. — Afinal eles são do Norte como tu. Todos macuas, todos terroristas.

— Já te disse uma vez que não sou macua!

— O rapaz ainda não tem consciência política, ainda está a aprender. Deixa-o em paz — Sabonete tentava ainda acalmar os ânimos, mas já ninguém o escutava.

— Ou então, se quiseres, sempre podes continuar a ser criado das duas velhas mulatas. Mascarado não sei de quê, dando banho à "patroinha" e tudo o mais.

Pararam todos de beber, sabendo que Jeremias conseguira o que vinha tentando há algum tempo. Talvez por já ter nascido assim, talvez pelos olhares que Maria Camba dirigia a Vicente, que o enciumavam. E ficaram em suspenso, aspirando no ar a perturbação do rapaz.

"Não devias ter misturado os dois mundos que são meus, Jeremias. E que, portanto, só a mim cabe misturar. Um feito quase já só de escombros, o outro ainda apenas de uma nova dignidade." Levantando-se num rompante, deixando cair a cadeira para trás, Vicente atirou-se a Jeremias, derrubando-o. Bateu-lhe com fúria e em silêncio enquanto as garrafas rolavam pelo chão com estardalhaço.

As raparigas desapareceram num ápice, como insetos espavoridos, sabendo pela experiência que atrás de briga vinha a polícia. Só Maria Camba, recuando um pouco, se deixou ali ficar, sorrindo e bebericando a sua cerveja. Ela e Sabonete, que tentava desesperadamente apartá-los.

Vicente batia com toda a força de que era capaz, aproveitando-se da surpresa e do fato de o outro estar já com os gestos toldados pelo álcool. Batia repetidamente, ciente de que as coisas mudariam quando Jeremias reagisse. Bateu, portanto, até que Jeremias conseguiu reagir. Por um curto momento foi então a luta mais equilibrada e depois mudou completamente de sentido, com Jeremias por cima e Vicente esforçando-se por não apanhar. Valeu a este último o fato de um incansável Sabonete se ter atirado para cima dos dois, rolando então os três pelo chão enlameado.

Uma vida inteira a ter cuidado com a maldição de uma nódoa, com a humilhação de um vinco, para acabar tudo desta maneira, as camisas azul-celeste e amarelo-vivo parecidas uma à outra, as duas parecendo-se com a camisa cinzenta de Vicente. Hoje duplamente cinzenta, da cor que já trazia mais da lama onde as circunstâncias o obrigaram a chafurdar.

– Eu, se fosse a vocês, punha-me daqui para fora quanto antes – era a experiência de Maria Camba falando. – Não tarda a polícia está a chegar e vão todos dormir à cadeia.

De maneira que seguiram o conselho da mulher e abandonaram o local cambaleantes, estugando o passo quanto o permitia a sua limitada condição. Com Sabonete no meio para manter os outros dois separados, e um Vicente que embora em péssimo estado ia satisfeito por ter enfim abalado a prosápia do amigo.

* * *

Tal como o velho Paulino foi incapaz de deter o infatigável movimento do *chilumu* lançando os seus dedos sobre o coqueiral, também Sá Caetana se sente impotente para impedir que este novo tempo lhe entre por portas e janelas desde que ouviu o anúncio de que os combatentes do mato haviam triunfado na guerra. A sua fortaleza, agora fragilizada, abria fundas brechas. "Somos da mesma massa, ele e eu", pensa. "Pertencemos ao mundo velho, não temos o vigor do novo."

Escuta o rádio tentando compreender o que este lhe vai dizendo, embora pontue as notícias com um repetido encolher de ombros. Como se pensasse que não tendo uma palavra a dizer também se desinteressava do desfecho. Portugueses e nacionalistas iniciam conversações. Ela pergunta-se se estarão falando, uns e outros, no fenômeno do seu coqueiral, se os primeiros estarão pedindo desculpas pela morte de Paulino (assim aliviando-a, em parte, do peso que transporta). Dirão certamente que se tratou de um acidente, que o velho já tinha na ideia que ia morrer e aguardava apenas um pretexto. Seja como for, acha que lhe são devidas desculpas para que possa mostrá-las a Basílio Aliberto e entregá-las a Vicente, o seu legítimo destinatário. E para que o velho fique um pouco mais descansado lá onde está, à sombra das mangueiras da Casa Pequena, onde sopra sempre uma brisa doce vinda do mar.

Difícil de acreditar numa coisa dessas, porém. O mais certo é estarem falando de coisas mais importantes em vez de irem porta a porta fazendo inquérito, procurando saber do pequeno coqueiral de cada um, enumerando os Paulinos que se foram para os poder desagravar, e ressarcir os seus representantes.

Sá Caetana pensa no velho território como um grande coqueiral que se estivesse renovando para desembocar neste país novo que vai nascer. Quase como o que aconteceu quando a pequena plantação de Ana Bessa passou para as mãos de *njungo* Araújo, seu marido. Só que enquanto esse velho coqueiral era um espaço previsível, com os renques alinhados e as áleas amplas e limpas, numa ordem impecável, neste crescem estranhas árvores postas ao deus-dará (perdoe-se-lhe a expressão) no meio do desgrenhado capim, alegres e caprichosas, dando já uns primeiros frutos dos quais desconhece o sabor. Imagina-se circulando por ele sem encontrar a saída.

Sá Caetana, muito séria, vai tratando de Vicente. Viu-o entrar ao serviço trazendo os olhos inchados e um corte profundo junto à boca.

– Que te aconteceu, rapaz? Que te fizeram? – e mentalmente culpava já a ordem nova, nas suas conjecturas.

– Não é nada, senhora, foi só uma discussão na rua.

– E qual foi o motivo da discussão?

– Chamaram-me macua, senhora. Foi só isso – mente o rapaz, trazendo uma razão menor para não ter que contar a história toda.

Sá Caetana sorri:

– E não és quase macua? Que diferença isso faz? – e continua a tratá-lo pacientemente.

Estava-lhe no feitio o horror às intimidades. No entanto, sempre que surgia uma oportunidade de as consumar, agarrava-a com ambas as mãos, como se assim pudesse usufruir do calor que elas proporcionam sem o ônus da sua explicação.

– Ouve, Vicente – disse-lhe a dado passo, quando quase concluíra o curativo –, sei que ouves rádio, que falas com os teus amigos. Que achas da situação?

Pobre Senhora Grande, agora tão pequena!

Olhou-a por um momento, enquanto cozinhava a resposta. Fê-lo desfiando os ódios e alegrias que ali viveu, ambos sentimentos fortes e irreversíveis. Esmiuçou-os com cuidado para saber que peso tinham.

Dentro das alegrias inventariou os carinhos fugazes, quase envergonhados, como este que está agora acontecendo; a sorte que teve de vir conhecer a cidade; a ligação que Sá Caetana manteve com o seu pai enquanto Cosme Paulino foi vivo (e, mesmo depois de morto, com o rasto que ele deixou). Até as verdades cruas e as ofensas da patroinha aqui arrolou, sabendo por intuição que não traziam agarrada qualquer ponta de maldade.

Depois dedicou-se aos ódios. Mediu a fria altivez de Sá Caetana por vezes roçando a crueldade; a distância do Dr. Valdez a quem tanto tempo deu e que nunca retribuiu emprestando-lhe verdadeiramente a sua pele; os pequenos favores que recebeu e muitas vezes melhor fora que não tivesse recebido porque vinham concedidos como dádivas quase divinas, reforçando a sua condição de criado. Finalmente, pôs também a saudade da sua terra neste prato da balança.

Pesou tudo cuidadosamente. Ao fazê-lo verificou, contudo, que ambos perdiam força. Nem as alegrias lhe enchiam o coração nem os ódios deixavam rasto que perdurasse. As primeiras eram afinal só sorrisos, os segundos resumiam-se a alguma amargura. Ódio mesmo, de verdade, talvez só à sua condição de criado, mas essa transcendia a maldade ou a bondade das duas velhas senhoras. Vinha de trás.

– O que acho, senhora? Acho que os brancos se vão todos embora.

Disse-o sem qualquer rancor ou propósito de castigar Sá Caetana. Seguia apenas as conjecturas de Jeremias, que culpava os arquitetos abstratos da sua condição.

Sá Caetana, no entanto, não entendeu assim a resposta. Olhou para o rapaz e viu um estranho a quem acabava de fazer um curativo.

– Pronto, Vicente. Acabei – disse.

* * *

Para variar, um dia de sol aquece os ossos de Sá Caetana no momento difícil de levar a irmã à última morada, no Cemitério de Santa Isabel. São quatro os que ali estão olhando absortos o trabalho do coveiro que amarra as cordas e fala como se fosse alheio à triste dignidade do momento. "Quer assim ou assado, dona?" E Sá Caetana calada, desejando que ele fizesse como quisesse que já pouca importância tinha, esperando que Vicente o mandasse calar e o fizesse andar de uma vez por todas com os procedimentos. Mas Vicente, filho de Cosme Paulino, tendo herdado dele a profissão e alguma timidez, mantém-se calado. Não percebe como as coisas mudaram, não lhe ocorre a possibilidade de um maior protagonismo.

Acaba por fazê-lo o jovem médico de Sá Amélia em voz baixa, com sinais de olhos e alguns gestos secos e definitivos. E naquela hora tão difícil Sá Caetana ainda consegue encontrar ânimo para lhe dirigir um vago agradecimento. A sua presença no funeral de uma cliente, ainda por cima acompanhado pela esposa, revela uma simpatia que está para além da fria obrigação profissional. Sobretudo nesta altura perturbada e de mudança em que todos se esgotam na resolução dos respectivos problemas, com pouca disponibilidade para os gestos sociais e as manifestações solidárias.

O caixão desce lentamente, num silêncio só perturbado pelos grunhidos esforçados do coveiro: ele é franzino, já velho, Sá Amélia era pesada. Bate finalmente no fundo com um ruído surdo.

– Como é, dona, quer deitar agora a terra? – pergunta o coveiro, maquinal, com modos quase impertinentes.

Sá Caetana avança com toda a dignidade de que é capaz, agarrando um punhado da terra que ele lhe estende na ponta da pá.

– Adeus, irmã – diz a meia voz, comovida, lançando a terra que tem na mão para dentro do buraco, para cima do caixão. Um a um, os outros aproximam-se lentamente para fazer o mesmo: o doutor e a esposa, Vicente. Logo em seguida o irreverente coveiro começa a despejar de volta ao buraco a terra que de lá tirara às pazadas.

– Quero que saiba mais uma vez que fiz tudo para salvar a sua irmã – diz o doutor um pouco a despropósito, na intenção de confortar Sá Caetana. – Mas há doenças que ultrapassam os médicos. Sobretudo contra a idade nada podemos fazer.

– Eu sei, eu sei – no assentimento de Sá Caetana há uma ponta de impaciência que ela se esforça por controlar. – De qualquer maneira obrigada por tudo, doutor. E pela vossa presença hoje aqui, também.

Satisfizeram-se os dois com aquelas parcas palavras. O médico porque fica reconhecido o seu gesto, explicitada a sua intenção. Sá Caetana porque tem a cabeça longe deste diálogo. Incomodam-na neste momento os diálogos.

Vicente, encarando o doutor, não pode deixar de se lembrar das palavras de Sá Amélia queixando-se da falta de eficácia das suas soluções, do fato de não lhe terem tirado as dores nem posto a caminhar. O que é certo é que ela desceu para a sua última morada sem dar um passo. Como se as pernas tivessem morrido muito antes da morte da dona delas. "Fraco doutor", conclui, abanando a cabeça de reprovação.

Sorrindo ligeiramente, põe a mão no bolso e aperta levemente uns bigodes de algodão. Por que os trouxe? Não sabe bem. Foi um impulso. Talvez pensasse que assim haveria mais uma presença naquele modesto funeral. Ou então talvez quisesse despedir-se da velha patroinha com uma última brincadeira. Evidentemente, não irá usá-los nem sequer deixar que Sá Caetana perceba que os tem.

A Senhora Grande poderia achar que era falta de respeito.

* * *

Sá Caetana já não pede a Vicente que vá lá fora ao cacifo do correio verificar se chegou correspondência. Este, no entanto, continua a fazê-lo. Por inércia e para manter viva a frágil memória que tem da sua terra. "Alguém pode escrever a dar notícias, a pedir alguma coisa, o primo Basílio Aliberto, sei lá!", diz-se.

Um dia chegou uma carta diferente. Vinha de Portugal. Vicente, excitado, correu a levá-la à patroa. Cartas de Portugal não chegavam todos os dias.

Sá Caetana ficou quase tão surpresa quanto ele.

– Dá-a cá, rapaz. E chega-me os óculos.

As visitas do Dr. Valdez

Sentou-se na cadeira junto à janela, onde a luz iluminava melhor, colocou os óculos na ponta do nariz, abriu o envelope com as mãos trêmulas e leu:

"Querida tia: Foi com grande desgosto que recebi a notícia da morte da minha mãe. Há muito que sabia que ela não estava bem, claro, pelas tuas cartas e também por uma certa intuição que me falava cá dentro. Não fui, portanto, apanhada de surpresa. Mas a morte é sempre uma surpresa, surpresa tanto mais dolorosa quanto mais nos são queridos aqueles que partem para junto do Senhor. Há muito que não a via, mas guardo da minha mãe – e tu melhor do que eu estarás em situação de confirmá-lo por teres convivido com ela nestes últimos e dolorosos anos – a imagem de uma pessoa muito especial. Doce, suave, avessa a impulsos súbitos."

Vicente admirou-se ao ouvir esta passagem na voz sumida da velha patroa. Era bem certo que a mulher daquela carta não via a mãe há muito tempo. Tivesse ela assistido às fúrias da patroinha quando não queria comer a sopa, e mudaria de opinião.

"Retive para sempre na minha lembrança aquela despedida triste: eu pequenina no barco que partia para Porto Amélia; ela na praia, como que perplexa face à injustiça daquela separação, duas grossas lágrimas rolando-lhe pela face. É esse rosto que guardo, era essa a minha mãe. Tão nova ainda, sem uma ruga, e já tão infeliz."

Nova dúvida de Vicente, aproveitando a pausa que Sá Caetana fez na leitura para se assoar, comovida. Sem rugas a patroinha?

"Ouve agora com muita atenção, tia. Sempre vos vi às duas muito juntas, não consigo sequer imaginar uma sem a outra. Assim, embora a distância e o tempo nos tenham separado tanto, a tal ponto que hoje já não te reconheceria (aliás, nem tu a mim: casei, tive filhos, engordei, e também vou aos poucos envelhecendo), quero que saibas que te considero um pouco minha mãe."

Novo fungar de Sá Caetana, cada vez mais comovida. Vicente atento, à espera do final.

"As coisas estão aqui complicadas. Imagino que aí também, e que irão tornar-se muito pior. Por isso, pela situação em que estás e por tudo quanto te devo, quero convidar-te a vir viver aqui conosco. A casa é pequena, os miúdos são barulhentos, mas prometo dar-te a paz que mereces. Tratar-te-ei como trataria a minha verdadeira mãe."

No fim, "Beijos", e assinado, "a tua sobrinha que espera ansiosamente uma resposta e que muito te ama, Ana Ferreira".

* * *

Com gestos miúdos, quase teatrais, Sá Caetana fecha a sua velha mala perante um Vicente que várias vezes a tentou ajudar, de cada uma delas recebendo uma recusa. Como se ele dissesse: "Deixa-me ajudar-te uma última vez, deixa-me fazer como o meu pai me recomendava uma última vez." E como se ela respondesse: "Cosme Paulino morreu, já não existe mais para receber ordens minhas nem para te recomendar o que quer que seja."

Está amarga, culpa quem está mais próximo nem sabe bem pelo quê. Explícita e vagarosa nos seus gestos, quer assim vincar a sua vulnerabilidade, desafiá-lo com ela. Olha o que levo, rapaz, nada mais que estas pequenas coisas sem valor. Tive uma vez um coqueiral que recebi da minha mãe e fiz crescer com a ajuda de *njungo* Araújo, meu marido, e que vi (ou li, ou talvez imaginei) que depois diminuía como uma gazela ferida recebendo dentadas do *chilumu*, fera verde e sem contornos definidos, fera voraz, insaciável. Tive duas casas que talvez ainda existam, uma no Ibo e outra na plantação, ambas com as portas a bater ao sabor do vento e folhas secas dançando pela sala com a mesma desenvoltura com que dançariam no mato. Tive alguns mortos que também deixo, deitados nas suas campas, tanto lá como aqui, nesta cidade estranha de que nunca gostei de verdade. Tive enfim alguns momentos de felicidade que ficam por aqui a pairar no ar, e que não posso perder porque ninguém os pode tomar.

— O que sobra disto tudo, rapaz? O que sobra de uma vida? – pergunta.

E Vicente não lhe sabe responder.

Sobra esta mala com alguma roupa, um terço, um frasco de unguento, uma caixa que já foi de bolachas inglesas com coisas da minha finada irmã, meia dúzia de libras (que odeio desde que o meu pai as deixou, mas que acabam por ser aquilo que me resta para não chegar de mãos vazias junto da minha sobrinha – será que posso dizer filha? – do outro lado do mar). Enfim, uma boneca de porcelana sem uma orelha e com uma história muito antiga. É isto que sobra, rapaz.

Em seguida, Sá Caetana vai à cozinha e Vicente segue-a docilmente, sem dizer uma palavra. Ferve água uma derradeira vez, deita-a no bule, guardando um resto para escaldar a chávena como gosta de fazer antes de servir o seu chá. Fá-lo com os mesmos gestos teatrais de há pouco, agarrando nos objetos quase com volúpia, consciente de que é a última vez que os vê, a última vez que os toca. A última vez que os tem. O jogo de chávenas que trouxe do Ibo e lhe deu a sua mãe, reduzido a três delas, uma das quais já sem asa (partiu-a Amélia num dos seus furores), servindo apenas para umedecer caroços de abacate que nunca plantou e já não chegará a plantar. Que, portanto, nunca virão a ser árvores grandes e frondosas como os abacateiros sabem ser. Leva o chá fumegante aos lábios, sentindo que os queima: sempre gostou do chá bem quente e com uma semente de cardamomo para lhe dar este aroma particular que agora sente. Vai o sorvendo em pequenos goles enquanto olha pela janela.

Será que há cardamomo em Portugal?

Lá fora continua a cair uma chuva miudinha, tão miudinha que nem chega a agitar as folhas das árvores. Apenas as umedece, as torna brilhantes. Como se um diáfano véu descesse lentamente e em silêncio sobre a natureza, e a renovasse. Vicente, atrás, olha por cima do ombro da patroa tentando adivinhar o que prenderá a sua curiosidade lá fora, sem, contudo, ousar proferir uma palavra. Sabe que é um momento especial a que ela tem pleno direito. E ficam assim muito tempo, Sá Caetana olhando os pequenos detalhes daquele quadro que lhe alimentou os dias durante todos estes anos: o rebordo do telhado da casa vizinha e a caleira que o acompanha, por onde costumam circular gatos de todas as cores menos os gatos verdes dos seus bordados e da sua infância. Mais abaixo, o limoeiro do quintal, raquítico e seco, de onde nunca saiu um limão que prestasse, o muro comprido, separando o seu de outros quintais de outras casas, onde outras pessoas estarão pesando as suas vidas. E ainda aquela fenda entre as árvores e as casas, a única por onde se vê o mar, o único mar que chega àquela casa. Fenda estreita, de um azul vivíssimo, onde passam nuvens gordas e gaivotas silenciosas, grandes navios entrando e saindo do porto, canoas de pescadores.

– Esteve ali o Ibo que me sobrava – diz, apontando para lá.

Vicente concorda. Há muito que também ele tinha reparado.

Fixado cada detalhe daquele retrato com a minúcia só possível por tão intimamente o conhecer, e porque Deus lhe deu a graça de ver tão bem ao longe (por não o querer esquecer tão cedo, também), Sá Caetana vira-se finalmente para trás, pousando na mesa a chávena vazia. Não convidou Vicente para tomar aquele chá de despedida e ele achou bem que assim fosse. Ficou desta maneira vincada, uma última vez, a velha ordem. O gesto da patroa tomando chá, a atenção do criado observando.

Depois, Sá Caetana acaricia Vicente com um longo olhar, como se quisesse retê-lo na memória da mesma maneira que já retivera o quadro que via daquela janela. E diz-lhe:

– Precisamos de conversar.

Vicente aquiesce com um ligeiro movimento da cabeça.

Sá Caetana tem duas preocupações. A primeira é partir mais uma vez, agora para um lugar tão distante.

– Vai sentir saudades lá da terra, Senhora Grande – concorda Vicente num tom leve como um suspiro.

Aguda, a intuição do rapaz. Sempre acertando.

Sá Caetana passou aquela última noite quase em claro. Revendo, tal como agora acaba de fazer enquanto tomava o chá, os lugares por onde passou.

Percorreu-os com minúcia. A Casa Grande do Ibo e as suas varandas largas, o quarto onde Caetaninha tanto sofreu e riu, onde a jovem Caetana sonhou, a sala sempre impecavelmente alinhada, exceto no dia em que uma boneca de porcelana esmigalhada se espalhava pelo chão. Inspirou o perfume do mar, acre e doce ao mesmo tempo. Pesado, colando-se à pele. Fê-lo sobretudo quando atravessou no *dhow* o mar de azeite a caminho do Mucojo, imaginando que ia visitar *njungo* Araújo que não via há muito tempo. O *dhow* arrastava-se preguiçoso, a vela tremendo, queixando-se da falta de vento. E a terra que não chegava (enjoou até, com a lenta ondulação).

Levantou-se, maldisposta, bebeu um copo de água, passeou pelo escuro do quarto notando a falta da irmã na cama feita ao lado da sua. Deitou-se, voltou a entrar no sonho.

Passou-se uma eternidade até que a fita fina e escura que se via ao longe crescesse e se transformasse na majestade do imenso coqueiral. Por fim chegavam. Estava a maré vazia e os quatro criados que o marido enviou a ter com o barco aguardavam com a machila aos ombros. Passou do *dhow* à machila e seguiram os cinco sacolejando, ela na cadeira olhando em volta, os quatro chapinhando na água que lhes chegava quase aos joelhos, suando e transportando com um ar ausente e um gemido ritmado, talvez uma cantiga. Depois, passaram ao areal correndo sempre, incansáveis, sempre gemendo baixo ao ritmo das passadas, cruzando com mulheres curvadas que catavam amêijoas como uma antepassada que teve, e riam um riso franco e delicado com os seus dentes muito brancos. E cantavam, também, canções antigas cujo sentido Sá Caetana nunca chegou a conhecer.

Os mistérios da Casa Pequena do Mucojo, sempre levemente amaldiçoada, sempre embrulhada em hera, escondida do sol, embebida na penumbra do coqueiral. Pequena, como indicava o nome, mas cheia de sinuosos recantos e estranhas desarrumações, as ferramentas de trabalho na sala, as sacas de alimentos nos quartos de dormir. Pouco clara na sua disposição. As vértebras de uma baleia antiga servindo de assento na varanda. A água boa e quieta no escuro do poço do quintal, exalando espeleológicos ecos. O monótono e obstinado coaxar dos sapos (longe ou perto? – nunca o soube bem). A inquietude das noites frementes de batuques e fogueiras, os lamentos arrastados assinalando a desdita de uma morte. A alvorada renovadora, única entre todas as alvoradas, despontando risonha e límpida. E, acima de tudo, a presença esmagadora do coqueiral, gigantesco bicho manso respirando, segredando coisas numa língua imperceptível. Ou então quieto, esperando.

Nada disto Sá Caetana disse a Vicente: era orgulhosa. Falou-lhe antes na sua segunda preocupação:

– Já pensaste no que será de ti quando eu partir?

Gostava Sá Caetana de se imaginar tomando conta do rapaz. Custava-lhe vê-lo crescer e desprender-se. Quanto mais vulnerável fosse ele, mais útil se sentia ela, mais estava retribuindo ao falecido Paulino a dedicação de uma vida. Mais estava aligeirando na consciência o peso daquela morte escusada.

– O que será de mim como, senhora?

– Onde irás morar, o que irás fazer da tua vida, rapaz.

Vicente não tinha ainda pensado nas coisas dessa maneira. Acontecia tudo tão depressa! A ordem mais geral toda transformada ("Estamos livres, rapaz, já imaginaste?!", dizia-lhe, numa euforia mansa, o Sabonete), a morte da patroinha. E agora a partida da Senhora Grande. Boa pergunta: o que iria ele fazer da sua vida? Talvez viesse a ser soldado, batendo continência à passagem do comandante Jeremias e do juiz Sabonete, quando ambos fossem visitar Maria Camba na sua nova residência.

– Não sei, senhora – acabou por responder, achando que a patroa não conseguiria entender as suas dúvidas.

– Queres voltar para a terra?
– Não sei, senhora.
– Se quiseres fazê-lo, ofereço-te o coqueiral, as casas Grande e Pequena, tudo o que lá tenho e de que não mais precisarei.
Falsa generosidade essa de oferecermos aquilo de que não necessitamos. Aquilo que já não temos, tragado pela ausência. Ou talvez não. Talvez Sá Caetana tivesse que dizer-lhe esta mentira para poder provar a verdade da sua intenção e descansar a consciência. Oferecer-lhe aquilo que já não tinha na convicção de que lhe ofereceria na mesma, se tivesse. Pelo que devia ao seu finado pai, pelo que lhe devia a ele próprio. E ainda, algo interesseira, porque nesse caso Vicente sempre lhe poderia tomar conta das campas que lá deixou.
Mas Vicente aliviou-a, acabando por responder depois de refletir um pouco:
– Acho que não, senhora. Acho que não quero lá voltar.
Num relance rápido, o que pode ter ali sobrado que o chame? Que se sobreponha ao entusiasmo que sente quando sai para a rua com os amigos a ver a mudança? Talvez se houvesse o pai, se ele ainda fosse vivo e quisesse o seu regresso (não saberia como recusar-lhe uma ordem); talvez o irmãozinho Afonso, mas a esse sempre pode mandar vir assim que tenha condições. Nada mais.
– Como queiras. Tu é que sabes.

* * *

Partiu como chegara, há tanto e tão pouco tempo. As mesmas fiadas de casas repetindo-se, os mesmos vultos sem dono. Até porque a chuva miudinha persistia, descendo do céu desbotado e triste, amortecendo a alegria popular e ruidosa das últimas semanas. O Grande Hotel povoado de almas penadas, a Praça da Índia, o hospital, o Estoril – o mesmo percurso virado do avesso, a caminho do aeroporto. Não levaria saudades não fosse o caso de aqui deixar a irmã. De aqui deixar Vicente.

De tempos a tempos olha o rapaz de soslaio, sentados os dois na traseira do automóvel. Miradas curtas para que ele não dê por isso. Sorvendo-o para dentro da lembrança, transformando-o já nesse objeto dócil, manipulável ao sabor da vontade e da saudade: aqui ele irá obedecer-lhe. Apagará da memória as saídas noturnas e os ares de desafio, o porte simulado de um velho doutor perdido no tempo; lembrará os cuidados com o banho de Maméia, as canções e adivinhas, o permanente assobio e mais aquilo que não consegue explicar, que é um feitiço que Vicente tem de lhe lembrar o seu *shilambu* todo inteiro.

Doce sensação. Será que é assim que se é mãe? Sá Caetana tenta aprendê-lo sofregamente no curto momento que lhe resta. Para poder exercer a nova arte com a filha da irmã.

Vicente nota e finge que não nota. Olha a janela, salpicada de gotas miudinhas que distorcem, na passagem, as árvores e os vultos das pessoas lá fora. Simula tirar prazer do fato raro de andar de carro – um prazer que deveras tem – para se manter ocupado e evitar o embaraço de ser olhado daquela maneira. De ser sorvido assim. Brinca com os manípulos da porta que lhe está perto, mexe nas unhas com falso interesse enquanto lhe ardem na nuca, como ferroadas de abelha, as curtas e repetidas miradas da patroa.

A última curva, o renque de coqueiros e a descida suave até ao aeroporto. Sá Caetana paga o táxi e caminha na frente, Vicente segue atrás dela com a mala à cabeça. Entram pedindo licença à multidão, os que partem e os que estão a ver partir. Com licença, deixem passar. Com licença, camarada. Não, não leva nada de especial, só os resíduos de uma vida inteira disfarçados nestes inócuos objetos, nenhum deles fazendo falta à nação. O passaporte está em ordem, os papéis respeitantes aos tais objetos também. Não desconfie, camarada, são só memórias ou cedo passarão a sê-lo. Cada objeto uma memória, e por aí fora até completar-se a mala inteira. Tudo em ordem menos a vida dela, coitada, que está em total desordem. Digo isto ficando, quem vai é ela, a minha patroa que daqui a pouco até isso terá deixado de ser. Ou talvez tenha deixado já há algum tempo, não sei bem.

O carimbo no bilhete, o carimbo na mala. Tiram-lhe o bilhete e a mala e Sá Caetana fica assim, de braços estendidos e mãos vazias, e um olhar de quem não sabe se gostaria de fazer parar o tempo. Ou, até, de recuá-lo.

Vicente já está longe dali. Mas neste momento não poderia estar mais perto. E se analisasse prós e contras, nunca teria sido capaz de dizer o que diz neste momento:

– Adeus, mãe.

Senhora Grande na maior parte das vezes. Sá Caetana também. Patroa até, no tratamento carrancudo de muitos dias, patroa para me livrar da tentação de me aproximar de ti, mas também para que te mantivesses longe de mim. E mãe pela primeira vez, e só o descubro porque é também a última.

Sá Caetana fica a mirá-lo assim como é neste dia: a saia cinzenta já um pouco puída, a blusa creme com um tímido folho, espreitando de dentro dele um colar de fantasia. Vestida para agradar à sobrinha que, dizem, a receberá como filha no outro lado do mundo. Ao lado estarão uns netos emprestados.

Passa-lhe a mão pelo rosto, devagar. Estranha visão esta, nem antiga nem sequer nova, uma velha acariciando o seu criado.

– Adeus, Vicente. Toma bem conta de ti.

Depois vira-se, e em passos curtos dirige-se para a sala de embarque.

Glossário

capulana: tecido moçambicano, bastante colorido, usado como vestimenta, enfeite, toalha de mesa, agasalho, lençol, decoração etc.
cauteleiro: vendedor de bilhetes de loteria.
chilumu: mato profundo, onde não há sinais de atividade humana.
cuscus: uma espécie de "feitiço", unguento milagroso. Ter um cuscus, na língua Sena (da Beira), é ter esse feitiço, essa artimanha particular que protege a pessoa.

dhow: barco de origem árabe muito utilizado em toda a costa do Oceano Índico.

farda: roupa; vestuário; uniforme.

Hodi: Dá licença?; Posso entrar?
hospedeira: membro feminino da tripulação de um avião que atende os passageiros; aeromoça, comissária de bordo (Br.).

imbeo: unguento mágico; quem o aplica sobre a pele torna-se invisível.
ishima: respeito.

Kalibu: forma cortês em Kimwane e Swahili para convidar a entrar; bem-vindo.
kudenga: trabalho.
kwella: ritmo musical.

Likumbi: cerimônias de iniciação dos rapazes macondes.

Mama: Mãe.

machila: pequena cadeira (colonial), levada aos ombros de escravos ou agregados, usada na Índia e em países africanos, para o transporte de pessoas.
machimbombo: ônibus.
Maconde (makonde): grupo étnico bantu que habita principalmente as regiões de Cabo Delgado, nordeste de Moçambique, e sul da Tanzânia.
Macua (emakhuwa, makhuwa): grupo étnico bantu que habita principalmente as regiões norte e centro-oeste de Moçambique como Nampula, Cabo Delgado, Niassa.
Mapiko: máscara-elmo do oficiante das cerimônias de iniciação dos jovens macondes; cerimônia de iniciação dos jovens macondes; portador da máscara do *mapiko*.
mapira: sorgo ou milho miúdo, usado na alimentação e na fermentação de bebidas; sua palha serve para confecção de objetos de adorno, cestaria e outros utensílios.
massaza: cozido de carne ou peixe; espécie de canja.
mbwana: afilhado.
miúdo/a: menino/a; criança.
monhé: comerciante de origem indiana ou paquistanesa (depreciativo).
montra: vitrine; vitrina; espaço de exposição de produtos protegido por vidro.
muzungo: (em Sena) branco; pessoa distinta.
mwanangu: filho mais velho; primogênito.

Ndeguê! Ndegueiôôô! Ndegueru-caiôôô!: toada infantil, querendo dizer aproximadamente "olha o avião!".
ndona: espécie de amuleto enterrado com os mortos.
njungo: (em Kimwane) senhor; branco; homem distinto.
numa: árvore que se planta por cima das campas, túmulos.

pau-preto: madeira de árvores tropicais (mpingo), de cor quase preta, muito usada em marcenaria e em esculturas; material de esculturas macondes do norte de Moçambique.

pau-rosa: madeira de tonalidade vermelha utilizada na confecção de utensílios, móveis e objetos de arte.
pides: policiais portugueses da PIDE (Polícia Internacional e de Defesa do Estado).

rabo: nádegas; traseiro.
rebuçados: doces; balas.
rés do chão: andar térreo; piso de um edifício ao nível do solo ou da rua.

Simangemange: ritmo musical agitado.
sítio: lugar.
Shilambu: terra de onde se vem; "A nossa terra".
shima: massa de farinha de milho.
Sungura: ritmo musical.
suruma: marijuana; maconha.

Tambalalu tambalalu? / Ié ié ié ié! / Tambalalu tambalalu? / Ié ié ié ié! / Tambu, tambulani / Tambu tambu / Tambulani tambu / Kingonhago / Kingonhago hi mwanga mwizi / Peto kariwe / Karibu wawa / Peto kariwe / Karibu wawa / Na senda kandamui!: canção infantil na língua Kimwane, dificilmente traduzível, querendo aproximadamente dizer:
> *Diz lá, diz lá? / O que é, o que é / Denuncia o Satanás / Denuncia denuncia / Quem chega primeiro ao pontão de pesca / A nossa terra está cheia de pedras* [querendo talvez dar a entender que como a terra é infértil se vive da pesca, e que as dificuldades que surgem na pesca são obra de Satanás] */ Bem-vindo senhor / À nossa terra cheia de pedras.* (Agradeço a Hilário A. Dyuty a tradução.)

Tata: Pai.
turra: nome dado pelos militares portugueses aos soldados africanos que lutavam pela independência durante a guerra colonial (forma coloquial de terrorista).

utamba: espécie de arbusto; árvore de pequeno porte.

O autor

JOÃO PAULO BORGES COELHO, moçambicano, é escritor, historiador e professor titular de História Contemporânea na Universidade Eduardo Mondlane, em Maputo, Moçambique.

Sua obra de ficção é publicada desde 2003, com edições de seus romances, contos e novelas em Moçambique, Portugal, Itália, Colômbia e agora no Brasil.

Vários de seus livros foram premiados como *As visitas do Dr. Valdez*, *Crónica da Rua 513-2*, *O olho de Herzog* e *Ponta Gea*.

Obras do autor

2003 – *As duas sombras do rio*
2004 – *As visitas do Dr. Valdez*
2005 – *Índicos Indícios I. Setentrião*
2005 – *Índicos Indícios II. Meridião*
2006 – *Crónica da Rua 513.2*
2007 – *Campo de Trânsito*
2008 – *Hinyambaan*
2010 – *O olho de Hertzog*
2011 – *Cidade dos espelhos*
2013 – *Rainhas da noite*
2016 – *Água – Uma novela rural*
2017 – *Ponta Gea*

Prêmios

2005 – Prémio José Craveirinha (pelo livro *As visitas do Dr. Valdez*, de 2004).
2006 – Prémio BCI de Literatura (pelo livro *Crónica da Rua 513-2*, de 2006).
2009 – Prémio Leya (pelo livro *O olho de Herzog*, de 2010).
2012 – Doutor *Honoris Causa*, pela Universidade de Aveiro, Portugal.
2018 – Prémio BCI de Literatura (pelo livro *Ponta Gea*, de 2017).

fontes	Gandhi Serif (Librerias Gandhi)
	Montserrat (Julieta Ulanovsky)
papel	Pólen Soft 80 g/m²
impressão	BMF Gráfica